被陌生女高中生囚禁的漫畫家

3

穗積潜

原案／插畫

きただりょうま

Kadokawa Fantastic Novels

序幕　冬

十一月下旬。

提起冬天就會想到電暖桌。

時間過得飛快，如今這張電暖桌也服役三年了。

它已經完全融入我家的環境。

（再一頁。再一頁就好……）

某天午後。

我在和室椅上盤腿坐著，正在繪圖平板上運筆。

《被陌生女高中生囚禁的漫畫家》連載頗受好評，至今仍未腰斬還在繼續畫。

只要我沒闖下什麼大禍，感覺肯定能迎接三周年。

「……」

此方今天也在我身邊。

她把腿伸進電暖桌，在我對面將橘子皮剝成放射狀。

（這麼說來，此方也讀三年級了。表示這是她當ＪＫ的最後一年……而且只剩幾個月了……）

我忽然想到。

三年對年近三十的漫畫家來說，價值與女高中生的三年全然不同。

青春時光跟我這種不上不下的漫畫家牽扯上，此方過得滿足嗎？

兩個人度過的這段時日，對她究竟有沒有助益？

（不曉得此方有沒有考慮過將來的出路……）

我難免替她多操這種心。

「給你。」

此方似乎察覺到我的視線，就把剛剝好的橘子遞過來。

「謝謝。不過我現在想專注於原稿，之後再吃。」

我微微搖頭。

現在不是擔心別人的時候。

要先顧原稿。

遙華小姐很快就會過來找我討論。可以的話，希望能趕在那之前完成分鏡。

「是喔。」

此方略顯無趣地這麼說完，把橘子收回去。

然後，她慵懶地把上半身靠到電暖桌的桌面。

灰色毛衣。形狀對處男殺傷力過強的胸部沉甸甸地擠得變形。

而此方把橘子擱到胸脯上，視線往上看著我。

（成長期真是厲害……）

我仰頭望向天花板。

相較於彼此剛認識時，此方的胸圍有了進一步的成長。

有種讓人忍不住想膜拜的神聖感——不，總覺得有點凶猛耶。連剝好的橘子也猶若妖花。

要形容的話，那就像正月的鏡餅墮入了邪道。

（我偶爾會收到讀者回函，內容是說：「胸部會不會灌水過頭了？現實生活中沒有這樣的ＪＫ。」）

講這話有自賣自誇之嫌，但我認為自己的畫風算相對穩定。

不過，倒也不是沒有刻意畫得與當初連載時不同的部分。

我都會配合劇中經過的時間，讓漫畫裡的女主角胸部跟著成長。

（跟現實相比，我反而有稍微節制耶……）

哎，應該也有讀者滿到不滿，但是從贊同與否來講，贊同的人似乎壓倒性地多，因此我往後仍計劃讓胸部逐漸成長。

舌尖轉呀轉、轉呀轉。

當我東想西想時，此方低著頭，打算用舌頭掰開胸脯上的橘瓣。

紅紅的舌頭撫過橘色果粒。

不久，她把舌頭伸進橘子中心，把橘瓣夾在舌面與上脣之間叼了起來。

我看不太懂，但把現在這一幕上傳到社群網站分享的話，感覺會爆紅。

「啊。」

謎樣的嘗試沒兩下便失敗了。

從此方口中滾落的橘子掉到電暖桌底下。

「哈哈哈，妳那樣吃東西實在太沒規矩。」

我露出微笑。

「因為我聽說鍛鍊舌頭會有讓臉變小的效果……」

此方略顯害臊地這麼嘀咕，然後鑽進電暖桌裡頭。

此方靠著努力逐步克服了許多事，比如烹飪、洗衣服、與人相處，本質上笨拙的地方卻沒有太大改變。

不過，我喜歡此方這種怪得出奇的部分。

畢竟可以對創作造成刺激，再說她太完美的話，我會無地自容——

搔搔搔搔搔搔。

（喔哇！）

大腿突然有搔癢感。

身體頓時隨之發顫。

「此、此方？妳為什麼要弄我的大腿？」

我固然是有追求創作方面的刺激，但沒有追求這種肉體上的刺激。

「橘子溜到你那邊了。」

此方用模糊的聲音答話。

「不，並沒有跑來我這裡喔。橘子碰到腿的話，總會靠觸感察覺到。」

「迷彩色讓橘子很難找，因為電暖桌的紅外線也是橘色。」

「原來如此──………不對，我瞬間差點就信了，可是未免太牽強了吧。」

「不過，我覺得這比在秋葉原穿迷彩裝的人還要有迷彩效果。」

此方不以為意地拋了一句話回我。

而且，搔癢的觸感還朝著鼠蹊部越爬越高。

「妳比較的對象有問題──欸，不可以！再往上摸就糟糕了！此方，冷靜點。要是這一幕被遙華小姐看見，讓她以為我們在亂搞該怎麼辦！好不容易健全地撐到現在的努力都會泡湯吧！」

我把手伸進電暖桌，抓住此方的手臂將她擋下。

此方今天怪怪的。

不，她平時就怪怪的，但如果只是強調胸部挑逗我也就罷了，最近像這樣企圖跟我做極端肢體接觸的情況已經變少。難道有什麼心境上的變化嗎？

「不要緊。」

「為什麼？」

「反正橘子是多子多孫的象徵。」

此方發出「噗哈」一聲，像在換氣一樣從電暖桌——我的鼠蹊部探出臉說道。

「那沒有回答到我的問題耶……呃，妳在找的橘子不就在這裡？」

我正色回話，並撿起掉在此方側腹附近的橘子，放到桌上。

「……」

此方默默從電暖桌爬出來，然後背對我。接著，她直接坐到我盤起的雙腿上。隔著一條牛仔褲，此方那件被電暖桌烘熱的窄裙溫度與我的體溫合而為一。

（果然，狀況不對勁。此方偶爾是會對我惡作劇，可是當我在忙工作時，她一向很安分的。）

「此方，妳該不會有什麼話想跟我說？」

「……」

此方側眼瞥向我，然後又轉回正面。

果然好像有事情。

不過，我不會催促她。

半同居般的生活持續將近三年，我總會了解她有自己的節奏。

此方的那種節奏緩急比常人更劇烈。

目前應該就是「緩」的時候吧。

「……」

我將下巴擱在此方的肩膀上，默默忙著手邊的作業並等她回話。

……

……

……

不久，當我畫完分鏡時，門鈴就像算準時機般響了。

到最後，此方並沒有開口。

如果她有什麼煩惱，我希望能幫忙，不過硬要她回答就錯了吧。

哎，先當成此方也有這種時候好了……

「哦，遙華小姐好像到了。」

我把和室椅讓給此方，接著匆匆走向玄關。

我用腳靸著鞋，推開門板。

「遙華小姐，辛苦了——」

「老師！恭喜您！大機會來了！」

門一開，遙華小姐就握起我的手。
大衣下襬隨晚秋的冷風飄揚。
「咦！大機會？是有什麼好消息嗎？三周年記念的刊頭彩頁還要隔一陣子——啊，不好意思。請進。」
情緒亢奮的她跟此方呈對比，被嚇住的我則把她請到屋內。
「打擾了！啊，原來此方也在嗎！我想這個消息肯定也會讓妳開心喔。」
遙華小姐在玄關門口脫下鞋子與大衣，一邊瞥向在廚房的此方說道。
「我早就有那種感覺。今天運勢不錯。」
此方在流理台清洗剛才弄掉的橘子，還煞有介事地回話點頭。
即使認識過了兩年以上，如今此方對遙華小姐好像還是有謎樣的競爭意識。
「呃，分鏡剛好也完成了，現在怎麼辦好呢？」
「感謝老師！這個嘛，畢竟事情也跟作品的未來有關，先讓我拜讀分鏡吧。」
「那就麻煩妳了。啊，我去倒茶。」
「不敢當。」
遙華小姐將大衣掛在手臂上，走進房裡。

當我在三人份的茶杯裡倒好茶回來的時候，遙華小姐已經讀完分鏡稿。

「感謝老師的分鏡——呼。那麼，可以讓我立刻談談大機會的事嗎？倒不如說，我想談得不得了。」

坐在我對面的遙華小姐拿起茶杯就口，隔了一次呼吸才說道。

她興奮的情緒似乎已經緩和不少，語速卻還是有點快。

坐在我左邊的此方在腿上緊緊握拳。

彷彿連我的份一起緊張。

「請務必告訴我。老實說，我也好奇得不得了。」

我坦然回答。

「我想也是呢。對老師用賣關子的口氣，我很抱歉——若要直話直說，就是您的作品有可能會改編動畫。」

「咦！真的嗎？」

我不禁把身體往前傾。

遙華小姐說的話完全出乎意料。

原本我猜好消息頂多就是推出精品。

「是的。老師的作品在我們的戀愛喜劇類漫畫中最暢銷，而且合乎潮流。」

她深深地點頭說道。

「真令人高興！——啊，不過，妳說『可能會』就表示事情還沒敲定吧？」

「對。關於這一點，在改編動畫之際，有點問題得先克服才行……」

「問題？」

「對。呃，就是動畫贊助商對老師作品的觀感……有點不好說。」

遙華小姐難以啟齒地低聲說道。

「不好說，是嗎？」

我吞了吞口水，然後接話。

「是的。我想就算隱瞞也遲早會傳進老師耳裡，因此明知失禮還是要先向您奉告，原本下一部要改編動畫的作品應該是《芙立亞》的續篇。」

「原來如此。哎，正常來想是這樣沒錯。」

我理解並點頭。

這並沒有讓我覺得失禮。

我自己也認為Flare Comics有下一部作品要改編動畫，名額當然會分給《芙立亞》。正因如此，聽到改編動畫的消息才會嚇一跳。

「對。照贊助商的想法，似乎是希望讓保證能獲利的《芙立亞》推出續篇。不過，折尾老師對於《芙立亞》近期的動畫製作品質好像有意見，她的看法是慢慢花時間製作而非倉促行事恐怕比較好。」

「該怎麼說呢，呃，聽起來非常符合折尾老師的作風。」

我露出苦笑。

換成一般作家，就會害怕錯失時機讓改編動畫中止，因而提不出那樣的要求。不過，折尾老師有自信空一段時間也能維繫連載與人氣，才敢那麼要求。

「換句話說，你們想用他的作品墊檔？」

此方說著就把橘子含進口中，縮起嘴脣。

「從負面的角度解讀也是可以那麼說，不過改編動畫的機會往往都是那麼來的喔。從正面的角度思考，也可以說成老師的運氣來了。」

遙華小姐毫未動搖地回答。

「無論是墊檔或其他名義，我都很高興。所以，要克服的問題就是得讓贊助商認同我嘍。」

我如此接話帶回正題。

「對。我們要說服贊助商也缺乏材料，因此希望可以找到老師的作品比《芙立亞》更優秀的根據……」

「優秀的部分嗎……根本來說，《芙立亞》與《被陌生女高中生囚禁的漫畫家》並不屬於同一個類別，也就無法比較內容啊。這樣的話，是不是要靠讀者回函或銷量這類客觀的指標呢？」

我稍微思索後提問。

「是的。我想大概會變成那樣。」

「情況我明白了——不過，呃，叫我用累積發行冊數之類來對抗的話，實在不可能耶。」

要跟銷量可以在目前漫畫界排進前五名的《芙立亞》相比，未免太過殘酷。

「當然，那是不可能的。但是《芙立亞》的連載進入長期化，銷量開始呈現穩定狀態，反觀老師的作品接下來正值如日方中，我認為單以最新一集的銷量來比就有可能會贏！何況我們也會多做宣傳。」

遙華小姐用打氣的口吻說道。

「謝謝妳。不過，就算將這些因素考量進去，坦白講依現狀還是有困難耶。雖然我並不了解詳細數據，可是，我的作品無論是回函評價或者單行本的銷量，應該一次也沒高過折尾老師吧……」

視線自然而然地下移。

我的作品讀者主要是男性，但《芙立亞》不只有男讀者，還獲得了許多會熱中於寄出回函的那種女讀者。

照理說單行本銷量應該不像回函那樣差距懸殊，但我想還是差了一到兩萬冊。

「身為折尾老師還有主名老師雙方的編輯，我對實力不足的自己感到慚愧，不過您說的確實沒錯——因此我想找您商量今後的劇情走向，老師。以往為了讓連載上軌道，您擬定的大綱都偏向保守吧？」

「對啊——不過，單純維持現狀就敵不過《芙立亞》。妳是這個意思嗎？」

我聽出遙華小姐言下之意而回話。

「是的。當然，奇招用過頭也不好，話雖如此，按照目前平鋪直述的劇情發展，我想大概贏不過《芙立亞》。當然了，這麼做有風險，因此我並不會勉強您。老師不想的話請儘管告訴我，不必顧慮。即使照目前的走向，跟對方交涉將老師的作品改編動畫這件事仍會繼續，縱使談了之後的結果令人遺憾，改編動畫本來就不是漫畫的一切。」

遙華小姐正色告訴我。

唯獨可以確定的是，她不可能對我打官腔。只要我不想，她就真的會照那種方針盡全力吧。

「原來如此……」

我含了一大口溫度變得適中的茶，低頭思索。

挑戰當然伴隨著風險。

贏得連載很辛苦，想一炮而紅更辛苦。

而且就算孕育出一部熱門作品，下一部作品也未必會紅。

熱門作品是如此寶貴，要大膽地加進難保不會減壽的劇情發展相當需要勇氣。

實際上，因為放飛自我就衰退的作品可說不勝枚舉。

所以，漫畫家有時候會安於求穩。

即使被讀者批評為拖戲，即使主觀上也明白作品正逐漸走向死亡，只要銷量數字仍可接受，他們還是會好死不如賴活地繼續畫下去。

到頭來，漫畫家這一行屬於自營業，跟營利企業出版社容易達成這種協作模式，勇於甩開求穩誘惑的漫畫家便不多。

《被陌生女高中生囚禁的漫畫家》尚未陷入那種好死不如賴活的處境。

然而，我算是站在那個分歧點上吧。

當下有兩條路擺在我眼前。

（……我還以為自己會更苦惱。）

即使面臨對漫畫家而言意義重大的抉擇時刻，我心中也毫不焦躁。

結論很平順地就出來了，連我自己都覺得訝異。

但是在答覆之前，我還是得問過某個人的意見才行。

「此方，妳覺得怎麼樣？」

我側眼望向此方問道。

「選哪邊都可以。只要你能順自己的意，無論對手是誰都會贏。雖然說，改編動畫令人高興的是精品會變多，可是也就那樣而已。」

此方立刻回答，還以左手湊在杯底的高雅舉止喝茶。

「是嗎？那我已經拿定主意了——遙華小姐，剛才提出的分鏡稿，可以讓我先撤回嗎？既然要改擬有挑戰性的大綱，不趁現在著手似乎會來不及。」

我立刻做出決定。

假如這是單純以個人之力創造的作品，或許我就會遲疑。不過，沒有此方就不會有《被陌生女高中生囚禁的漫畫家》這部作品。既然如此，答案早定好了。

讓此方來做決定的話，無論在現實或漫畫裡，都不會採取保守的行動。

她於好於壞都會出乎預期，將我帶到未知的世界才對。

「當然！我相信老師一定會這麼說！一起來想打倒《芙立亞》的分鏡稿吧！」

遙華小姐笑逐顏開，還朝我探出身子。

啪啪！

冒出清脆的聲音，她胸前的鈕子一口氣迸開了兩顆。

一顆命中我的額頭，另一顆則彈到桌上的橘子後蹦到茶杯裡。

紅色胸罩的邊邊閃過眼簾，我頓時轉開視線。

「失、失禮了……這件襯衫前陣子才買的——會不會是冬天較容易累積脂肪的關係呢……不好意思。有針線的話，能不能請老師借我用？」

聽似過意不去的嗓音。

「啊，就放在那邊櫥櫃的急救箱裡。」

我指向房間一隅的組合式置物櫃。

遙華小姐的成長期應該已經結束了啊……

難不成胸部在成人以後還會繼續成長？

「最近瘦肉可是比五花肉還受歡迎喔。」

此方交抱雙臂強調毛衣底下的胸型，還講出莫名其妙的話。

這件毛衣的料子總不會撐破吧？

「聽不太懂妳的意思，但我覺得兩種都好吃。」

往前看和往左看都是大胸部。

我只好轉向右邊。

雖然右邊也貼了漫畫版此方的泳裝海報，但這是我自己畫的，還能冷靜看待。

不久，遙華小姐把釦子重新縫好，在跟我簡略討論過往後的分鏡方針後就回公司去了。

我隨即動手修改分鏡。

此方幫忙做了一頓略遲的午餐——我狼吞虎嚥地吃完千層白菜豬肉鍋，然後又

回頭工作。

後來隔了一會，筆記型電腦收到通話通知。

會是遙華小姐嗎——我心想，上面卻顯示了意外的名字。

我連忙從組合式置物櫃拿出耳機麥克風，接上筆記型電腦。

「晚安。呃，好久不見，折尾老師。」

我不知道該說些什麼，開口就是這種了無新意的問候。

網路攝影機拍出了折尾老師穿著白色蘿莉服的身影。

聽說她會隨心情換髮色，而現在是鮮豔的金色。

乍看下，身高與發育都只像國中生，但是這個人不僅已經成年夠久了，還跟我屬於同年齡層。

我在她因為助手問題焦頭爛額時也有去幫忙過幾次，不過這一年左右都沒有直接交談。

『好久不見！不講這些了，我聽說嘍。你誇下海口表示：「《芙立亞》落伍過氣了！老子要用自己的作品把妳從神壇拖下來！洗好絕對領域等著吧！」有沒有這回事啊？』

折尾老師賊賊地笑著說道。

「不，我完全沒講過有那種意思的任何一句話。」

我連連搖頭。

『老實說，我一直覺得不過癮呢！Flare Comics始終只有《芙立亞》獨大，應該說都沒有人跟我鬥。雖然我也認同成為小說家系那種主角無敵流的漫畫，可是正統少年漫畫就是要跟勁敵一戰吧？』

她交抱雙臂，自顧自地點頭稱是。

真不知道對方是沒有聽見我說的話，還是聽了不當一回事，這個人講話方式依舊蠻橫。

不過，有別於此方或遙華小姐，或許上圍尺寸不會讓胸部裝甲迸開是她唯一能讓人安心的地方。

「對手是我，妳還稱作勁敵……這樣好嗎？」

『咦？你打算靠回函或銷量贏過我吧？要不然你是對遙華說謊了嗎？表示你要欺騙讀者嘍？』

折尾老師的臉色立時變得正經。這個人不時會露出身為專業人士的臉，看了會覺得有點恐怖，也讓我有高於那好幾倍的羨慕之情。

「……不是的，我並沒有說謊。的確，現在不容我自卑了——我要贏。先不談是否能贏，必須抱著必勝的決心才像話。我會拚到像奧特曼的傑○，或者七龍珠的賽○那樣。就算到最後會輸，至少也要殺掉主角一次。」

我從喉嚨裡擠出聲音。

『不錯嘛！就是這種志氣！我也會全力迎戰！——啊～～感覺鬥志都上來了！一瞬間我有想過輸給主名老師好像也可以，但果然還是不行！既然主名老師這次敢來挑戰我，我就一定要將《芙立亞》畫得棒到足以將你的自尊心粉碎再丟進果汁機榨成豬飼料！』

折尾老師一邊做出空拳訓練的動作一邊喊道。

「好……」

詞窮的我身體稍微往後退。

當然，我了解她剛才那些發言是在用自己的方式向對手表示敬意。

『說得過火了點嗎？哎，不過，若你覺得懊惱就來打倒我，然後漂亮地把改編動畫的機會贏到手裡吧！掰～～！』

折尾老師用挑釁的語氣單方面這麼交代過，就切斷通話了。

「——抱歉，此方，能不能請妳先一次煮完幾頓飯預備，我不希望忙到一半專注力中斷。」

對方把話說到這個分上，我總不能沉默。

儘管我並不是折尾老師那樣的天才，仍然含辛茹苦地一路在漫畫業界存活下來了。起碼也會有、也該有能力讓對方好看才對。

「我知道了……加油。」

此方睫毛靜靜地顫了顫並且點頭。

「謝謝妳。」

我又拿起筆。

我非贏不可。

我必須贏，藉此向世界證明此方這個美好的角色擁有足以改編成動畫的魅力。

命運 1

今天似乎又說不出口。

我將專心面對繪圖平板的他納入眼簾，一邊滑手機。

名為備忘錄的日記逐漸累積，節節壓迫到手機的容量。

（明明要趕快告訴他才可以的……）

我已經高中三年級了。

為了繼續留在他身邊，我必須決定好未來的出路。

想做的事情很久以前就決定好了。

（我想去念漫畫專科學校。）

當然，這並不代表我自己想當漫畫家。

為了幫他更多忙，我想學好當助手起碼要有的技能。

說到我現在能做的，頂多就是幫他煮飯或者打掃房間。

但是，要跟他有更深的關係，光靠這樣是不行的。

漫畫家與上班族不一樣，人生的一切都是創作題材，屬於沒辦法將私生活與工作分開來的職業。

結果，他的人生與漫畫密不可分，所以我要名符其實地與他合而為一的話，就只有踏進創作的領域一途。

但是，我本身並沒有什麼想要表達的意念，既然如此，留給我的路只剩下當助手。

目標明確。

漫畫專科學校的入學考根本形同虛設，只要不奢求當學費減免的資優生，就不會有無校可讀的狀況。

即使如此，我仍然無法向他開口提起這件事。

儘管相較於他為了改編動畫必須跨越的門檻，這件事情太微不足道，可是我也有非面對不可的問題。

（我能不能說服家長呢？）

那個人肯定會認為我去念大學是理所當然。

事實上，櫻葉的學生幾乎都是正常應考，不然就是靠推薦特定學校升學，我不去念大學的這個選項肯定從一開始就不存在於家長腦中。

在這種狀況下，我還得對愛面子的那個人說：「請幫忙出學費，讓我去念明顯會比一般大學畢業難找工作的漫畫專科學校。」

無論有什麼樣的隔閡，我的身分終究是被扶養者，生活要依賴監護人。就算生活費可以設法靠打工賺，自己實在出不起金額破百萬圓的學費。

若是念專科學校，也很難期待獎學金。改念設有漫畫學程的大學這條路也考慮過，但終歸是領不到獎學金，因為原本就會卡在家庭收入的限制。

（要說服家長，我就非得事先講明自己想當助手，並且獲得接納……）

含糊地表示「因為想當助手所以希望念漫畫專科學校」跟「我已經在有成績的職業漫畫家身邊取得內定的助手職位所以想進修」，說服力全然不同。

先不談家長，只要能提出如此具體的未來規劃，老師那邊應該就沒辦法挑剔。這樣的話，間接說服家長的成功率應該會大幅上升。

（可是，我要在這種狀況開口嗎？在他接下來準備迎接作品動畫化而非努力不可的寶貴時刻？）

他的漫畫事業正面臨大關，我怎麼可能談這些私事給他增添困擾。

早知道就趕快告訴他，事到如今卻已經晚了。

大約一年前是他為了讓連載穩定，辛苦打拚的時期，進入第三年以後反倒是我上學要努力跟上應考的課程內容，變得分不出心力。

（要不要乾脆留級呢……那樣一來，或許家長也會死心，就順其自然答應讓我去報考專科學校。）

我甚至冒出這種消極的念頭。

（呃，那還是不行吧。）

萬一我真的那麼做，當初感同身受地為我復學而開心的他絕對會難過。

（唉。時間能不能就這麼停下來呢……）

身為高中生可以對一切保持曖昧，將問題推遲。

多希望我能保有這種處於小孩與大人之間的立場，並且一直留在溫柔地付出關懷的他身邊。

我如此妄想，定睛凝望著他專心運筆作畫的臉龐。

第1週

「這、這什麼啊……原來有這種表現手法嗎……」

早上。

我在電暖桌旁拿著最新號的Flare Comics，肩膀隨之顫抖。

感動與落敗感同時在心坎裡來來去去，有種溺於濁流般的心境。

本月號的《芙立亞》乍看之下，以折尾老師而言劇情推展顯得冗長。

然而，一般具有讀解力的讀者很快就會發現那是幌子了吧。

畢竟漫畫雜誌一般是用再生紙印製，這次《芙立亞》卻以附錄別冊的形式，還用薄得像描圖紙的紙材來連載，明顯就是要讓讀者感受到當中有異。

用正常方式讀完一次《芙立亞》的連載以後，將那些薄薄的紙疊起來重讀就可以瓦解虛假的世界，讓真實劇情浮現——別冊規格就是這樣設計的。兩頁、三頁、四頁，將頁面慢慢疊起來閱讀的雀躍感，在電子書籍上絕對無法呈現，讓人想起閱讀漫畫這種行為本質上的愉悅。

啊啊，令我心急的是自己沒有足夠的語彙力來表達其中美好。要提到最接近的例子，就是出〇王女在少年誌追求情色極限而利用了透頁的手法，不過這算是加以發揚光大了。

已經超過漫畫的框架，甚而進入現代藝術的領域。

不只漫畫力本身，我連藝術天分都完全落敗了。

機關算盡的分鏡構成力，還有將意圖實現的畫力，再加上不會讓機關僅止於機關的敘事力。

天才一詞的含意，就這樣以並非理論的形式銘刻在心。

我從來沒有像今天這樣後悔自己成了漫畫家。

假如我只是一名讀者，就可以坦然稱頌《芙立亞》有多偉大了。

「她這樣犯規吧？」

上學前的此方瀏覽過本月號的《芙立亞》，並狠狠地瞪了一眼。

「不，漫畫的表現方式沒有規則。而且照遙華小姐的說法，折尾老師還不惜自費做了這種加工。從原稿費來想，光這樣就虧損慘重了。」

我搖頭，然後滑了手機。

社群網站上當然清一色全是《芙立亞》的話題。

無論職業漫畫家、讀者、評論家都對折尾老師讚賞不已。

我心有不甘地自搜，就發現有讀者順便似的幫忙打圓場的發文：「雖然《芙立亞》占盡了話題，《囚禁ＪＫ》的劇情低調卻也有衝擊性發展，拜託來個人想起還有這部漫畫。」

感謝。但是，我覺得好空虛。

心情難免消沉。

儘管我知道要贏沒那麼容易，卻沒想到會這麼懸殊。

（唉……以我來說可是豁出滿大的心力耶。）

操心是我的天性，為了隨時因應腰斬，我原本就準備了好幾種配合連載期間讓故事收尾的劇情大綱。

我擷取其中的菁華，並且重新編排，毫不吝惜地把要拖戲應該可以演一整年的題材都用進去了。

我並不是天才。但是，我以為只要把凡人構想的兩百頁濃縮成二十頁，起碼就能學到天才的皮相。

（果然只靠理論編出的劇情贏不了嗎？畢竟折尾老師是感性與邏輯兼具。）

看過最新刊，我確定了。

（倘若我有能贏的要素——還是要靠回歸原點……）

《被陌生女高中生囚禁的漫畫家》連載能讓讀者接受，肯定是因為有我基於實際體驗的過人真實感作為基底。

既然如此——只好再來一次嗎？

不，沒什麼好猶豫的吧。反正我橫豎都是繭居在家畫漫畫，囚禁生活對我沒壞處。

「此方！我有事想拜託妳！」

我從電暖桌爬出來，跪坐著用雙手拄著地板。

「怎麼了，突然這麼說？」

此方瞪圓眼睛。

「求妳再一次囚禁我！」

我把頭貼到接近地板。

「……可以嗎？」

「可以啊。在腦中鍾鍊故事沒有用，我想回歸初衷。何況在冬天被囚禁是第一次，或許會有什麼新發現——呃，不過，仔細想想我都只有顧到自己，明明妳也很忙。」

興沖沖說完我才留意到。

此方自從升上三年級以後，學校的課業好像就變得比較繁重……

「沒關係，我有餘裕。再說寒假快到了。」

我的擔憂被撇到一邊，此方立刻回答。

「是、是喔？那麼，可以麻煩妳嗎？」

「回程我會買各種道具過來。」

「就用我的卡吧。跟往常一樣，收據也拜託妳了。」

我從電暖桌上的錢包拿出提款卡交給此方。

「我知道了。」

此方用雙手收下，然後出門上學了。

（好，我要全心全意地接受囚禁！）

我拍了臉頰提振精神。
就這樣，我再次踏入如今已感到懷念的囚禁生活。

＊　＊　＊

「你先戴上這個。」
晚上七點前，此方從學校回來以後，漱洗完一開口就這麼告訴我。
她手裡拿著一塊筒狀的褐色布料。
「呃，這是圍脖嗎？」
我照著吩咐將圍脖戴上。
「沒錯，絲織品。項圈直接觸及肌膚會讓我擔心。冬天容易乾燥，或許會摩擦到或產生靜電。不過有這圍脖就能同時解決兩種憂慮。另外，畢竟這也能禦寒。」
此方流暢地回答。
「原來如此。合乎於理呢。」
我立刻用手機做筆記。

她真的有替我考量過才進行囚禁耶，想到這裡就心頭一熱。

起初被囚禁的時候，我在了解此方真正的用意前可都嚇得沒空深思。

「然後，項圈用這副，鈦製品。」

此方從袋子裡拿出項圈套住我。

一瞬間有堅硬的觸感隔著布料傳來，但我立刻就適應了。

「原來這照樣要用金屬啊。印象中妳之前好像有說過，在冬天囚禁就會改用木製項圈。」

我依循過去的記憶嘀咕。

「當時突然被問到我才回答木製，不過仔細想想，木製項圈強度讓人擔心。而且，意外的是市面上根本沒有在賣木製項圈。」

此方一邊將項圈繫上鏈條，一邊告訴我。

「嗯嗯。」

值得參考。

說來理所當然，漫畫裡的此方是我在腦海重新構築的產物。

比不過現實中的此方。

當然了，漫畫內容會經過轉化，畢竟加了圍脖在視覺上會難以辨識，已發行的漫畫裡用木製項圈來呈現囚禁也不算敗筆。

「至於晚餐嘛，今天我買東西拖得比較晚，所以吃偷懶的菜色好嗎？」

「當然好。太辛苦的話，買東西回來吃也可以啊。」

「我也有那麼想過，但是，姑且要慶祝重啟囚禁。」

此方說著就退到廚房，然後兩手各端著一塊銀色托盤，又立刻回來了。

那上面盛著優格與果凍，還有不明底細的營養劑。

「啊，吃這個嗎？真令人懷念。」

我一掌拍在大腿上。

此方的病患特餐。以晚餐來說嫌不夠，但要將心境切換成囚禁模式剛好。

誰教此方在這些日子以來早就懂得正常下廚了。

儘管她最近偶爾也會在挑戰新菜色時搞砸，但已經不會像過去那樣失手把美式鬆餅烤焦了。

「我開動了。」

食物令人吃得津津有味——是不至於這麼好吃，但我還是淡然吃了起來。

「開動。」

此方也開始吃跟我完全一樣的食物。

「感謝妳幫忙重現我在囚禁生活中的餐點。不過，妳大可正常吃飯啊。」

「可是只有我正常吃飯的話，我也不會覺得好吃。」

此方說了這些就跟著默默用餐。

「這樣啊……此方，那明天起可以麻煩妳照常做飯嗎？畢竟現在跟那時候不一樣，我並沒有健康失調。啊，話雖這麼說，要張羅菜色應該也很辛苦，不必做太費事的東西喔。」

說到我自己，在忙於創作時只要能簡便攝取到最起碼的營養，正餐無論吃什麼都好，可是讓此方被漫畫家頹廢的飲食生活連累未免令人不忍……

「我知道了。」

此方點頭。

餐點很快就吃完，我又回過頭工作。

不久夜也深了。

她來問要不要放洗澡水，我嫌太花時間就只靠淋浴了事。

刷完牙之後忙東忙西，已經到了就寢時間。

「此方，明天見──等等，怎麼辦好呢？這樣我就不能送妳回去了啊。」

畢竟還要顧慮遙華小姐的目光。為了避免同居狀態成為既成事實，我都盡量要此方在自己家睡覺。

不過，我會擔心讓她一個人走夜路。

「不，既然要囚禁你，本來就是在這裡過夜才正常吧？不然你上廁所或者做其他事怎麼辦？你已經忘記被囚禁時的狀況了嗎？」

此方略顯生氣地蹙眉。

「對、對喔，是那樣沒錯。我安逸得腦袋都傻了。」

我點頭，並用手指按了按眼頭。

「振作一點。」

「好，我會注意。」

「唉。」

此方微微地嘆了氣，然後走向浴室。

她應該是去拿收在儲物間的被褥。

（……我要冷靜。此方在家裡過夜這種事，在囚禁結束後也滿多次的吧。）

我一邊將摺好擺在房間角落的自用被褥鋪到窗邊的空位，一邊深呼吸。

說來算偶爾就是了，要是我請此方協助拍攝作畫資料而拖得太晚，她也會在我家過夜。

那種時候我們都是以電暖桌為界，各自睡在房間的兩端。

先前囚禁時，我們倆之間只有靠不住的紙箱當界線，所以電暖桌相較下算是像樣的屏障了。

「讓你久等了。」

此方用兩腋夾著墊被與蓋被來到房裡。

接著她將被褥鋪到門邊——並沒有，而是繞過電暖桌朝我走來。

「慢著慢著慢著慢著。」

我伸手制止。

「怎樣？」

此方挑起眉毛歪過頭。

「此方？照往常，妳都是睡在門邊吧？」

「囚禁要逼真才好啊。房間裡的東西比之前多，所以必須就近監視以免你利用道具逃走。要我像之前那樣睡在外頭的廚房免談，即使是房裡靠門邊的位置，萬一你有小動作，或許就察覺不到了嘛。」

「以我有意逃走為前提的話，確實是那樣沒錯。不然至少將電暖桌移到邊邊好了，兩個人睡這樣的空間嫌窄吧。」

電暖桌在房裡本來就相當占空間，因此滿擠的。

窗邊的地板面積不夠鋪兩條墊被。

「如果頻繁搬動家具，一旦鄰近住戶對噪音產生疑心，會提高囚禁被發現的風險，所以不行。」

「……原來如此。再說，半夜太吵會打擾到鄰居。」

可惡，我又被駁倒了。

此方的囚禁計畫細膩得簡直像事先想好的。

「就這麼回事。」

此方把被褥鋪到地板上並點頭。

「可是那樣的話，棉被不管怎麼鋪都會重疊一半左右耶。這能睡嗎？」

我試著微調被褥的位置，然而不管怎麼調都有物理上的極限。

「夠躺。重要的是，你趕快睡覺。即使工作很忙，睡眠時間還是很重要吧？」

「好、好啦。」

我躺到被褥上，然後側眼望向此方的睡衣。

黑山羊造型的設計，附兜帽還有肚子附近的大口袋。

有可愛感，但並沒有多煽情。

（反正暴露程度比夏天低，我跟此方也已經相處兩年以上了，理應比之前更有抗性。）

「ＯＫ。接下來用這個就萬無一失。」

此方點頭，從口袋裡拿出了輓具。

或者，那看起來也像特大號的嬰兒揹帶。

「妳拿那個打算做什麼？」

我有種不好的預感，就滾到一旁想跟此方保持距離，那裡卻已經是窗際。

根本無處可逃。

「當然是要用來這樣。」

此方躺下來睡在我旁邊。
剛想說胸口被她揪住了，下個瞬間我們倆就已經被輓具綁在一起。面對面的姿勢。
看來我似乎被當成了特大號嬰兒，或是抱枕。
剛洗完澡散發甜美香味的頭髮。
長長的睫毛近在眼前。
還有她以雙峰施加在我胸膛上的肉球般柔軟的壓迫感。
「怎、怎麼這樣？」
「我要束縛你，以免你在我睡著的期間擅自行動。即使將鏈條調短，現在房間裡面滿是東西，你仍然拿得到某些道具。」
「道、道理我懂了，但至少別用面對面的形式好嗎？」
「為什麼？」
「妳是要監管我的行動吧？那麼在相擁的情況下，妳就看不見我把手繞到妳背後是在做什麼吧。這樣會讓我有反擊的餘地。」
我用手刀輕輕敲了此方的後腦杓。

我總不能老實地託詞「因為自己似乎會無法保持理性」，就立刻想出了藉口。

「……也是有道理。你轉身背向我這邊。」

此方暫且解開輓具，而我轉身面向窗戶。

輓具立刻又束起來了。

於是我的狀態從揹帶上的嬰兒變成像有指導員陪同的跳傘者。

姿勢直接換成仰臥。

「此方，不重嗎？」

我以男性來說算輕，但是將此方壓在底下還是會不忍心。

「游刃有餘。況且底下鋪了兩層墊被。」

此方說著就在我們身上蓋了被子。

「那好吧。」

我摸索該把手臂擺在哪裡，以免不小心觸碰到此方。

雖然背後還有軟軟的東西頂著，不過還是比正面面對彼此來得像樣。

畢竟用這種姿勢，在物理上就無法有桃色行為！

（把背後的觸感當成「讓人墮落（懶骨頭沙發）的枕頭」，勉強還撐得過去……）

我緊閉眼睛，拚命像這樣說服自己。

（來吧，睡覺嘍！睡覺嘍！睡覺嘍！睡覺嘍！睡覺嘍！）

我在心裡像念咒一樣重複。

咬咬咬。

「啊唔！」

霎時間，有股搔癢的觸感從左半邊臉竄來，讓我冒出了怪聲。

「此方？欸，此方！這樣未免太奇怪了吧？是有什麼樣的理由才會讓妳輕咬我的耳垂？」

我左右擺頭抵抗，輓具卻使我逃不了。

「因為山羊食慾旺盛。」

此方不以為意地這麼放話，還將舌頭伸進我的耳朵。

這就是現實版ＡＳＭＲ……

「噫呼！很髒耶，妳別這樣！——根本來說，山羊是草食性吧！」

基本上，這算合法吧？我還沒有淪為性罪犯吧？

「這頭黑山羊活過了瓦爾普吉斯之夜的魔女儀式，是藉著魔法之力進化成肉食性的黑山羊。」

「扯得那麼遠啊。」

頗具中二氣息的玩耍方式。

假如我是TRPG的GM(Game Master),可會生氣喔。

……

……

體感十分鐘以後。

「……你胖了一點嗎?」

此方大概是玩膩了,就停止對耳朵的惡作劇。

取而代之的是我肚子上的贅肉被她捏來捏去。

「唔,明明生活作息都沒變才對。」

難道是代謝能力下滑了?我好歹還是二十幾歲耶。

「聽說漫畫家因為久坐與運動不足而生病的人很多,我會擔心……」

「的確。雖然說,我姑且有養成定期做伸展操的習慣就是了。」

「要減肥嗎?」

此方說著就拍了拍我的肚子。

「嗯～～因為我本來就吃得不多，很難再縮減食量，要到處跑跑跳跳也不方便，運動頂多就是伏地挺身或仰臥起坐吧。」

「只要正常出門運動就好。我也會陪你。」

「呃，妳的心意很讓人高興，但受到囚禁不會有困難嗎？雖然漫畫裡主角在晚上是有像狗一樣被繫著繩子帶出去散步。」

要我在現實中被ＪＫ帶出去散步未免太……

「用手銬就好。冬裝的袖管長，可以遮住手銬。」

她充滿自信地斷言。

「手銬啊。雖說比遛狗繩像樣，萬一被警察盤問，我的人生就完了耶……」

看到女高中生跟成年男性用手銬銬在一起，會判斷女高中生是罪犯的人在這個社會上究竟有多少？我只能看到自己的姓名肯定要在全國曝光的未來。

「那種緊張感不就是醍醐味？」

（嗯～～除了室內囚禁，確實全是靠想像畫的。以追求真實性的角度而言，好像也有必要維持囚禁狀態出門。）

「……用玩具手銬可以嗎？廉價的塑膠製貨色。假如被第三者看見，還是可以當成玩鬧收場。」

「ＯＫ。」

此方說著就用手指圈住我的臉頰肉做出一顆「章魚燒」。

「那麼，就在百圓商店之類的地方買吧。不過，有什麼運動是戴著手銬也能做的嗎？」

「溜冰。」

此方立刻回話。

「溜冰啊。有冬天的情調，或許還不錯。不過，此方，妳會溜冰嗎？」

「理論我曉得。」

她低聲回答。

「意思就是妳不會吧？」

我實在不認為笨拙的彼方毫無經驗，直接上場就會溜。

「由你教我就可以了。你是雪國出身的吧？」

「呃，雪國出身的人未必都會溜冰耶。嗯～我姑且在國小國中時溜過，所以稍微還懂得怎麼溜，可是要說能不能教別人就完全沒自信了，或許會一蹋糊塗。」

「不過，沒辦法預料才比較好玩啊。」

她帶著輕鬆的調調接話。

的確，漫畫裡跟女生出門都會碰巧發生事件，但在現實中一一規劃好就只會變成一切都在預料之內。

（何況，我也很久沒跟此方一起出門了。）

最近彼此都有許多事要忙，再加上社會風氣，從囚禁結束以後，此方跟我見面都是在這個房間。

雖說打著為了漫畫的名義，我發現自己對兩人一起出門坦然感到期待。

「那倒也是——不然就約這個星期日好嗎？」

「好，就這麼說定。」

略顯雀躍的嗓音。

然後，眼皮上傳來柔柔的觸感。

視野被更深的黑暗包覆。

似乎是此方用雙手矇住了我的眼睛。

大概表示話說到這裡就結束了吧。

「那麼，晚安。」

我一如往常在就寢前招呼。

「你也晚安。」

矇眼的手拿開了。

即使故作平靜，我還是緊張了一陣子。然而此方睡覺的呼吸聲在不久後傳來，我到底是鎮定了。

把此方的香味當成芳療，體溫則當成底下鋪了電暖毯，或許意外地還不壞。

當我回想以前溜冰時的事情時，便逐漸感到愛睏。

那天，我作了自己被巨型袋鼠養在育兒袋的夢。

＊　＊　＊

星期日碰上了冬天裡晴朗的好天氣。

此方穿著袖子偏長的毛衣配上大衣，下半身則是卡其色工作褲，完美呈現所謂萌袖的扮相。

我穿了發熱材質的刷毛上衣，外披羽絨外套，底下則是牛仔褲。

除了這些，我跟此方都戴著用來遮手銬的針織手套。

我戴黑色，此方戴白色。顏色不同，但廠牌一樣。儘管令人害臊，此方在不知不覺中就下單訂購了，要特地重買也嫌浪費，我便接受了。

「外頭冷歸冷，走進電車就覺得有點熱耶。」

在前往溜冰場的電車內。

我跟此方坐在一起，脫口說出了分不清是搭話或感想的嘀咕。

目前仍有許多人戴著口罩，不過前一段時期透過開窗來換氣的做法已經消失了。我基本上都繭居在家，每當偶爾出門就會體認到世上時間流轉得有多快。

「或許是想讓我們脫衣服的機關所設計的陰謀。」

「哈哈，什麼機關嘛。啊，但是讓懷疑囚禁的女配角策動類似於北風與太陽的作戰或許可行。」

我利用右手肘脫掉左手的手套，拿手機做了筆記，再收進口袋。

這不是慣用手，因此有點不方便。

至於為什麼不用慣用手，當然是因為我的右手銬上了玩具手銬，還跟此方的左手銬在一起。

由於兩人的距離一拉開就容易讓手銬的鏈條露出來，我們必然得保持在手指與手指可以相觸的距離。

學生時期連跟異性牽手的經驗都沒有的我光是這樣就忍不住緊張，不過多虧此方下了連日密切接觸的猛藥，才勉強不至於顯得鬼鬼祟祟。

彼此都戴了手套也有好處。換成空手的話，我肯定就會更加在意。

「……」

「……」

結果，我們同時沉默下來。

現狀是不戴口罩的人也零星可見，但氣氛感覺要盡興聊天仍會有所顧忌。

「冬天，你會聽些什麼嗎？」

此方用幾乎會在電車搖晃間聽漏的細微音量說道。

「嗯？妳是問音樂嗎？」

「沒錯。你不常針對音樂發文呢。」

「嗯～～我對音樂完全不熟悉啊。無關冬天與否，工作時我倒是會聽沒有歌詞的動畫原聲帶之類。」

「原來是這樣。」

「妳都聽什麼樣的音樂？」

「……這個。」

此方從大衣口袋裡拿出了無線耳機，將其中一邊遞給我。

「好、好喔。」

一瞬間，其他乘客看似不關心而又看著我們的視線讓我感到猶豫，結果我還是收下了此方的一邊耳機。

兩人共用耳機，這樣的情境實在太過老套。

這年頭除非是搞笑漫畫，否則連要採用都免不了遲疑。

長大成人以後就會認清周遭環境，可是，那樣的客觀性如今卻讓我有些厭煩。

（假如我是高中生，是否就能坦然沉浸於約會呢？）

身處彼此同為高中生而不會被任何人怪罪的立場。

啪啪，啪啪啪，啪啪啪。

耳機傳來某種迸裂聲。

線香煙火？烤肉？不對，感覺都不是。

「你覺得怎樣？」

「與其說怎麼樣……這是什麼聲音？好像有在哪裡聽過，又好像沒有。」

「木柴燃燒的聲音。」

「啊！聽妳一說才想到。這是所謂的環境音效嗎？這麼說來，外國有播那種單純看木柴燃燒的節目，聽說還很受歡迎。」

我用左手拍了膝蓋。

「我們一樣呢。」

「一樣？」

「因為音樂太強勢，不定下心的話，腦裡就會被歌詞侵略。」

「好像真的是這樣耶。我是沒有深入思考過，不過我在畫漫畫時之所以不選擇有歌詞的音樂，原來就是無意識間想避免受音樂的力量牽引。」

彷彿硬擠出來的兩人共通處。

即使如此，我現在還是想依靠這一點。

木柴不規則地發出和順悅耳的聲響。

從座位底下湧出的空調溫暖了小腿肚，讓我產生真的像是坐在暖爐旁的錯覺。

再加上電車的微幅震動，完全成了助眠劑，我不由得昏昏欲睡。

……

『……晴空塔。東京晴空塔到了。1號線的電車——』

「到了喔。」

「啊，抱歉。」

手銬被輕輕一扯，使我取回意識。

我們倆刻意慢了一拍下車。

如果在銬著手銬的狀態被捲進人潮，那可受不了，因此這是預防措施。

我們就這麼踏著悠哉的腳步前往目的地。

限期開設於日本第一摩天樓4F的溜冰場。

秀出門票領取溜冰鞋，然後進場。

在溜冰場一旁早早就準備了聖誕樹，晚上似乎還會點燈。現在是大白天就覺得美中不足，不過真的在聖誕夜來的話，想必會擠得無法溜冰，因此這樣就好。

「先解開手銬吧。畢竟這樣要穿溜冰鞋會非常費工夫。」

我在準備穿溜冰鞋的階段察覺到。

「『你想用這種說詞開溜？』——假如真的在囚禁，我就會這麼說。」

「現實中應該是這樣沒錯，不過溜冰弄到受傷就糟了。要教妳的話，我也希望簡單做個練習。」

我並沒有體面到可以自稱監護人，話雖如此，也沒有年輕得勇於靠一時興起逞能。

「哎，應該無所謂吧？反正在溜冰場也沒地方可逃。」

此方把雙手伸進溜冰鞋說道。

而且她還像螃蟹威嚇一樣舉起鋒利的冰刀。

「……有部電影叫剪刀手愛德華，妳看過嗎？」

「沒有。」

「這樣啊。」

笨拙的剪刀男與她的身影莫名重疊了。

我拿下口罩，穿上溜冰鞋，試著溜了一下。

第一圈還顯得生疏，不過溜完三圈以後就習慣了。

跟騎腳踏車之類一樣，身體意外地都還記得。

（在漫畫中放女主角一個人的話，絕對會出現搭訕男或小混混來糾纏的劇情就是了……）

我望向入口。

此方一看見我，就裝備著溜冰鞋像隨波逐流的海帶一樣揮起手。看來現場似乎沒有男人敢向手上套著溜冰鞋的女高中生搭訕。

「久等嘍。那麼，妳也來挑戰看看吧。」

「好。」

「首先，鞋帶要綁緊，不然妳的腳踝會痛。」

我一邊協助此方將溜冰鞋穿好，一邊又偷偷銬上手銬。

不過，跟來的時候相反，我為了取得主導權，就把手銬換到了左手。

此方也摘掉口罩，我們便朝溜冰場邁出腳步。

「這樣的話，故事應該叫《被漫畫家囚禁的女高中生》？」

她微微歪頭說。

「一般來講那會是迎合成人的漫畫，在現實中就變成社會案件了吧。」

此方說起不能鬧著玩的玩笑話，而我讓她用扶著牆壁的形式站到溜冰場上。

「我先拉著妳溜，妳專注於保持平衡就好，設法掌握溜冰的感覺。可以想像成小狗拉雪橇那樣。」

「表示你是小狗？」

「對啊。」

「哪種狗？」

「唔～～雜種。」

隨口回答的我溜了起來。

位置保持在就算此方快要跌倒，也隨時有東西可以靠的牆際。

此方曾有幾次失去平衡，但是不久就能在溜冰場上站穩了。

手不靈巧的她意外地適應得很快。

大概是因為軀幹夠穩吧。

該怎麼說呢？類似於球類運動不拿手，但擅長田徑的人。

「呼……」

繞場地的圈數達到二位數以後，我就伸手扶牆停了下來。

「會重嗎？」

「不，沒那種事。可是我太久沒溜冰，感覺平日沒用到的肌肉受了折磨。」

我朝擔心地詢問的此方搖頭。

腿和肩膀周圍有種難以言喻的疲倦感。

果然不像十幾歲的時候那樣精力無窮。

我還不想把自己當成大叔。

但仔細想想，到了我這把年紀即使有小孩也不算奇怪嘛。

雖然在都市仍屬於未婚很正常的年紀，換成鄉下或許就會被視為有點超過適婚年齡了。

「我想由我充當重物，多少對你造成負擔才有瘦身的效果。」

此方有點過意不去地說道。

「原本的目的確實是這樣沒錯……」

我突然想起似的嘀咕。

運動量本身——不知道是多是少。

不太有從事有氧運動的感覺。

不過，我唯一有把握的就是明天會肌肉痠痛。

「……」

搔搔搔搔。

此方突然一語不發地撫弄我的下巴與後頸。

「咦？咦？怎麼了！突然這樣摸我。」

我像受到電擊刺激一樣挺直背脊。

「……乖狗狗要有獎勵。」

「那妳還真是溫柔的飼主——來吧，這次換妳自己溜溜看。我會扶著妳。」

「好。」

我們換成銬住雙方的左手。

形式是我繞到此方背後。

「準備好了嗎？」

「好了——啊，還是不行。你站到後面……這樣我不就會遭到反擊嗎？」

她霍然睜大眼睛說道。

「哈哈，對喔，那部分的設定也還要繼續。」

我露出苦笑。

「不得已。」

手上一陣柔軟的觸感。

「咦？」

此方突然抓住我的右手臂，並把我的手塞到她那件大衣的胸口空隙。

「這樣就ＯＫ。」

「呃，要扶妳的話，手放腰際就好了啊。為什麼要……」

逼著我摸胸是什麼名堂？

「讓你摸胸部，這樣我隨時都可以呼救：『有色狼！』這是在牽制你。」

「……呃，如果妳真的那麼做，我的人生不就完了。話說其他客人擅自報警的話，到時要怎麼辦？」

「沒問題。反正大衣遮著，別人看不見。」

此方擺出前傾的姿勢。

「欸，妳要溜的時候先說一聲啦。」

我勉強配合她。

意外順利。

說不定此方照這樣滿快就能學會溜冰——

「哎呀，危險。」

我扶穩差點在轉彎時跌倒的此方。

「嗯！」

此方冒出了性感的聲音。

「我、我可不是故意要摸妳喔。」

要微調全身只避免在右手的指頭施力實在太難。

「呵，我知道。你好拚命。」

此方忍俊不禁。

可惡。身為男人，我真的被看扁了。即使我自知是軟腳蝦，也快要生氣了喔。

假如我是情色漫畫裡的大叔，就會趁現在讓她知道厲害。

撲個滿懷。

「唔喔，妳別突然停住啦。」

「因為我感覺到你有反抗的意思。」

此方把頭靠到我的胸膛，霎時間——

舔。

頸根有一陣溫溫的感受。

「喂！」

我連忙用右手擋住。

「反正我已經知道你的弱點嘍。」

此方賊賊地笑著對我拋媚眼。

在人前這樣做實在太過火。

為了她的往後著想，就稍微教訓她一下吧。

「……我說啊，此方。」

「怎樣？」

「我呢，雖然不擅長運動，但唯獨有一項拿手的專長。」

「欸——！」

我用手撐牆，順勢在原地打轉。被手銬銬著的此方當然也跟著一起。

儘管運動不算我的長項，但我的三半規管可是很厲害的。

「唔，反正這對我來說游刃有餘。」

此方說著便緊閉眼睛對我逞強。

「那麼，我多提供一點服務。」

旋轉的頻率進一步提升。

「嗯。嗯嗯嗯。嗯嗯嗯嗯嗯！」

此方將嘴唇抿成一線努力想撐住。

這樣的舉動更加刺激了我的施虐心。

「轉吧轉吧轉吧轉吧，再來再來再來再來再來~~~~~~！」

「咪呀啊啊啊啊啊啊啊啊啊啊啊啊啊啊。夠了，好吧。我道歉！對不起！」

不久，此方再忍似乎也到了極限，因而發出貓咪般的聲音向我投降。

「妳會認真練習嗎？」

「會！我會！」

我停止打轉。

等她平靜下來以後，我們又開始溜冰。

此方跌倒過幾次，手銬在那時候跟著摔壞，後來就弄得一團糟。

結果趕在傍晚之前，此方學會正常溜冰的方式了。

我們還登上晴空塔，在瞭望台餐廳吃了一頓時間不早不晚，不曉得該算早午餐或晚餐的飯。

也走馬看花地逛了彩燈，但沒有餘裕慢慢欣賞，只好踏上歸途。

「我現在已經十八歲，過得了條例那關，即使在外面待晚一點也沒問題耶。」

在回程的電車上，此方不滿似的嘀咕。

「即使不用管條例，還有校規要顧吧。」

我如此規勸。

老實講，我也有點捨不得。

校規是處於管理方的大人為求輕鬆才定出來的自私規矩。

不過，此方還是個孩子，就要讓那樣的規矩束縛。

（那也快結束了吧。今後，此方還會對我這種年近大叔的男人感興趣嗎？）

此方目前就讀於女校。

然而，她就快畢業了。

之後無論要升學或者就職，她應該都會遇到許多同年齡層的男人。

到了那種環境，不曉得她是否還願意留在我身邊。

留在前途不穩定，肚子也開始發福的窮酸漫畫家身邊。

人心沒辦法像手銬一樣束縛住，而且有時還比百圓商店的玩具更容易壞。

（多希望今天的時間可以就這樣進入迴圈。）

如此陳腐的妄想一瞬間閃過了腦海。

命運 2

幸好有鼓起勇氣邀他約會。

老實說，我相當猶豫。

憑我現在的能力沒辦法對漫畫的內容插嘴。

所以我也覺得自己不該多事，要留給他清靜。

不過他的性格容易獨攬煩惱，這是我在這近三年的日子裡已經夠了解的一點。

因此，即使多少有所勉強，我認為還是要帶他出門轉換心情比較好。

當然我本身倒不是沒有出門的意願，但主要目的終究是為了他。

（反正他也很開心。而且，我可沒想到會收到求婚的預告。）

我不禁笑容洋溢。

既然他那麼執著地在溜冰場轉圈，我不想懂也會懂。

提起求婚就會想到戒指。

轉圈＝圓環，圓環正可作為戒指的象徵。

大概是近年流行的提前慶祝吧。

他似乎對自己身為獨生子感到落寞，因此小孩子確定最少要生三個，至於寵物，要養什麼好呢？

我想養大隻的狗，不過說起來他算貓派，因此大概會養貓吧。

養貓的話絕對要黑貓才好。

雖然在外頭看見黑貓往往會說不吉利，可是養在室內就能為家裡帶來幸福。

（跟他結婚以後就不用再煩惱任何事了吧。畢竟當妻子也是很棒的工作，即使不當助手也無妨。）

聽說也有漫畫家配偶兼當助手的案例，但以整體來看應該算少數。

沒有任何問題。

理應沒有的——

（為什麼我心裡會有點疙瘩呢……）

第2週

（那麼，來看看本週號——嗯。總之，《芙立亞》似乎沒安排像之前那樣的機關了。）

我將Flare Comics從正面翻到背面反覆觀察。

既不像上次那樣印了別冊，紙質也極為普通。

（換句話說，純粹是以內容決勝負。）

我這邊已經將劇情切換到滿犀利的走向，事到如今就不能當成沒發生過。

這樣一來，只好專注於提高內容品質。

總之，我在本週號的連載參考了與此方外出所獲得的經驗，我認為內容有成功提高心境描述方面的真實性。

姑且先確認自己的連載。

遙華小姐當然不可能出錯，連頁面後的欄外感想都完美無缺。

換成平常，接下來我就會從最前面依序閱讀，如今卻無法對《芙立亞》不感到好奇。

確認過目錄以後，我一口氣跳到《芙立亞》的部分。

透視的畫法依舊漂亮。

至於內容——

……

……

（真假！將動畫版的原創角色逆向輸入到原作！來這招啊……）

翻頁的手停不住。

漫畫於改編動畫之際，為了拖戲或基於媒體差異的因素，常會新增原創角色。以《芙立亞》的情況來說，這種新增角色的評價就很難處理，問題在於該角色受動畫入坑的粉絲歡迎，但部分原作粉絲覺得不合世界觀而有批評的聲音。

在我看來，並不覺得有糟到需要去批評，但是看了會讓人稍微感到介意的劇情描述確實也不時會出現。

觀眾裡更有少數八卦分子毫無根據地到處放風聲，猜測《芙立亞》遲遲不出動畫版續作會不會就是這個原創角色害的。不過，折尾老師在本週號公開撇清了這些懸念。

況且，那還不只是單純逆向輸入而已。角色原先的本質並未毀棄，性格及造型也都洗鍊得足以讓《芙立亞》原作粉絲接納。

（換句話說，這是折尾老師在向我挑釁：「只要我有意，可是隨時都能推動作品改編動畫喔。」）

大概是我思考的角度既消極又自我意識過剩了吧。

呃，不過折尾老師感覺滿有可能做到那種地步。

畢竟她都那麼明確地向我宣戰了。

（無論如何，這樣看來應該又是我輸吧。）

讀到『下期有刊頭彩頁』的字樣，我就悄悄闔上了Flare Comics。

透過這次的逆向輸入，折尾老師應該也拉攏到了一部分只看動畫的客層。

她對整體娛樂產業的眼界之廣與靈活度令我佩服。折尾老師身為天才漫畫家，同時也並非「漫畫痴」。

（弄成這樣，我真的能贏過折尾老師嗎？）

才華原本就差得太遠，身懷的絕活數量也全然不同。

感覺簡直像在玩一場我只能出布的猜拳。

「欸，我現在可以進房間做點家務嗎？」

隔著門板從廚房傳來詢問的聲音。

「可以是可以，妳不用上學嗎？」

我用較大的音量問。

「剛才我從ＬＩ〇Ｅ群組接到聯絡，學校因為老師身體不適，第一節和第二節都停課。」

回話聲逐步接近，房門被推開。

「這樣啊。」

「嗯。這段空檔不長不短，我就想乾脆趁早來個大掃除。」

結果現身的此方手裡拿了吸塵器、除塵撢子，還有邊緣掛了抹布的水桶——說起來算是很常見的打掃道具組。

這倒無妨。

「真有規劃耶。不過，妳怎麼會穿女僕裝？」

此方莫名其妙穿了女僕裝。
維多利亞時代的長裙款式。
從布料的品質來看，並不像附近量販店會賣的那種廉價角色扮演裝。
「……讀家政科的女生給我的。」
「哦。」
看來是此方在協助折尾老師拍攝作畫資料的過程中會進出家政科，就交到了幾個朋友。
光是這樣我就為此方願意上學感到慶幸。
「不是法式女僕裝，你覺得遺憾嗎？畢竟那種款式的裙子比較短。」
我的視線使她歪過頭。
「呃，一點也不，我反而覺得維多利亞式比較清純——咳。倒不如說，冬天把腿露出來會冷吧。感覺連妳那樣的長裙在寒冬中也很難熬。」
「沒問題。因為我在底下穿了褲襪。」
此方抬起腿，還輕輕提起裙襬。
隔著黑絲襪可以窺見此方白瓷般的肌膚。

與其直接暴露在外，這樣反而更……

「這樣啊。」

「你想看絕對領域？」

此方保持提裙的姿勢靜止不動，並且問我。

我不想看。

呃，其實有點想。

但那種畫面要在無意間不小心看到才好，我覺得要求對方露給自己看是錯的。

「妳饒了我吧。話說，要打掃就讓我一起來。先幫我解開鏈條。」

「不行。服侍主人是女僕的工作，請您放輕鬆。」

此方搖頭，還完全投入於女僕模式開始撢灰塵。

「照妳的設定，主人被鏈條繫著不會很奇怪嗎？」

「主人中了魔女詛咒變成野獸了，所以有必要加以束縛。當家人陸續離去，最後只有我這個忠心的女僕留下來。」

「感覺妳的設定還真的滿有一回事耶。」

魔女詛咒未免有點老派，但只要置換成殭屍末世風的舞台，就算放到尋常的W

eb漫畫連載也不奇怪。

（儘管我想幫忙打掃，結果此方不肯解開束縛的話也無可奈何。）

我本來想繼續看Flare Comics，卻還是覺得只有自己悠閒會過意不去，就開始替此方難得的女僕打扮畫素描。

（有女僕角色出現的漫畫讀起來固然賞心悅目，一旦換成自己動手畫，才發現作畫成本高得吃力耶～～）

我一面思考這些，一面拿了手機要拍照當材料。

「嗯！嗯！嗯！」

此方繞了房裡一圈以後，就在空調前面停下腳步。

接著，她踮腳蹦蹦呀蹦地跳了起來。

「妳想撢空調上面的灰塵嗎？記得廚房不是有墊腳台？」

「那有可能被用於逃脫，所以我收掉了。」

「防得真周嚴。」

「……」

此方回過頭來，默默盯著我。

「怎麼了？還是要我幫忙嗎？」

我的個子並不算高，但還是比此方高，應該能撢到空調上的灰塵。

「那麼，可以麻煩你嗎？」

「交給我。」

我點頭並且抬起臉，以便讓此方替我解開鏈條。

「……」

「此方？趕快替我解開鏈條啊。」

「呵呵。你又說這種話想趁機逃掉。根本沒必要解開鏈條吧。」

她笑得像是我說了什麼荒謬的話。

「咦？呃，可是照這條鏈子的長度，我沒辦法到空調前面耶。」

我朝著空調走去。

空調設置在房間角落的上方。

照目前的長度可以走到那附近，但沒辦法站在正面。

感覺是伸手都不確定是否能直接吹到冷氣的距離。

「沒問題。你在那裡趴下來。」

「像這樣嗎？」

我照著吩咐趴在地板上。

「沒錯。靜靜地別動——喝！」

此方微微吸氣。

於是，不久後我背上就感受到了溫度與重量。

「……女僕把主人當墊腳台會不會太離譜？」

我提出些許疑問。

胸腔受壓迫，使我的聲音變得像青蛙一樣搞笑。

「不對，這是按摩。打掃與紓壓，同時達到兩種服侍效果的能幹女僕。」

她驕傲地說。

「確實有點舒服，不過……」

這該不會也算是ＪＫ舒療服務吧？

不，別多想。

我現在要抹去意志，專注當墊腳台。

空調上的灰塵應該很快就能撢完。

我放鬆肩膀的力氣。

當我靜靜地只有眼珠子轉來轉去，就有灰色物體映入眼簾——是水桶。

當然，那裡面裝了水。

（啊，這是在替迷糊女僕插旗——）

笨拙女生一賣力就不會有好事的傳統橋段。

「啊。」

現實彷彿與我的思緒同步，此方失去了平衡。

她的腳跟蹭到我側腹的贅肉，一隻腳就踩空了。

「唔啊。」

隨後，背上一陣衝擊。

「對、對不起！」

她的腿如芭蕾舞者般優美地高高抬起。

腳尖踹翻水桶的瞬間像慢動作一樣烙在視網膜。

嘩啦！

不久濕答答的感覺就從背上擴散開來，使我明白出了什麼狀況。

意識恢復以後，我掙脫被此方的臀部壓著的狀態，撐起上半身。
「哈哈哈，這也是魔女的詛咒？」
我打趣似的說道，並用手擦臉。
「……」
此方宛如中世紀的騎士，頭戴著水桶不發一語。
雖然看不見臉，但我覺得她好像有點在鬧脾氣。
「總之，趕快換衣服比較妥當，要是感冒就不好了，再說朋友給妳的女僕裝也會留下痕漬。」
電子儀器平安無事。電暖桌底下的地毯只有沾溼一小角，抹布也還沒用到，因此水不髒算是不幸中的大幸。
「我、我去拿浴巾過來！」
此方裝備著水桶頭盔就直接起身，邊撞牆邊打算往廚房走。
「妳慢慢來就好。慢慢來。」
我把水桶從此方的頭上拿掉，並告訴她。
「既然主人這麼吩咐。」

此方點頭，然後用競走般的速度離開房間。

我也想脫掉濕漉漉的刷毛上衣，將手伸向衣襬才赫然停住。

「啊，對喔。因為被鏈條繫著，我脫不了上衣啊。」

沒辦法，我只好把刷毛上衣吸收的水分擰到水桶裡面，再拿抹布擦拭潑在地板上的水。

啊，這桶水也稍微濺到牆壁了耶。

「久等了。」

「噢——」

開門聲讓我回過頭，然後瞬間僵住。

「我拿浴巾過來了。」

「嗯。那是很好，可是妳為什麼會全裸？」

連忙轉回去面對牆壁的我問道。

幸虧此方抱著浴巾過來，重要部位都被遮著，勉強避免了春光外洩。

「因為要趕快幫你擦乾才可以。」

鏈條的鎖頭「喀鏘」地應聲解開。

「此方，我說過慢慢來就好。妳想一想優先順序。」

我邊脫刷毛上衣邊嘀咕。

「……要先懲罰犯錯的女僕？」

伴隨這樣的一句話，此方讓我把除塵撢子握到手裡。

要我拿這個做什麼？

「不用不用。基本上，當妳脫掉女僕裝，女僕的角色扮演就跟著結束了吧。」

「換句話說，現在全裸的我必須從女僕轉職成奴婢……」

她用分不出是認真或說笑的語氣嘀咕。

浴巾柔軟的觸感在背後來來去去。

「為什麼會變成那樣？說起來，奴隸與被囚禁的我沒辦法成立主僕關係吧。這樣兩邊都是奴僕，到底算什麼情境啊？」

「比如說，在戰爭中被俘的騎士，還有被主人吩咐要負責照顧他的奴隸……發生了禁忌之戀。」

背後感受到溫暖富彈性的觸覺，還有一雙手拿著浴巾朝我的胸膛摸索而來。

我形同被此方從後面抱住，就因自己目前身處的客觀狀況而顫抖。

「此方，這八成已經逾矩了，停下來！停下來！——話說回來，真虧妳可以即興想出那麼多設定耶。妳是不是有創作者的素質啊？」

我從此方手裡搶走浴巾，背對她保持距離。

還好牛仔褲沒有被水沾濕。

萬一連底下都脫掉，事情可不得了。

「？你想說創作者是奴隸嗎？」

「妳這句發言在各方面都不是鬧著玩的。」

我正色將身體擦乾，然後退到更衣間把衣服換掉。

為了遮住洗衣籃裡剛脫下來的女僕裝與內衣褲，我拿了刷毛上衣蓋上去。

不久，此方身上裹著浴巾，有些不滿似的噘著嘴脣過來了。然後，她跟更衣間裡的我一進一出，拿起吹風機開始將頭髮吹乾。

等此方再次現身，就變成往常的制服打扮了。

我鬆了口氣捂捂胸。

（果然ＪＫ還是穿制服最好……）

我懷著只擷取單句似乎會被當成變態的感想，目送晚出門的此方去上學。

＊　＊　＊

『老師，請問現在方便占用您的時間嗎？』

遙華小姐冷靜而恭敬的嗓音透過電話傳來。

「好的。」

往常最令我在意的她的話語在腦中響起，我卻有些心不在焉。

『謝謝老師。首先想轉達給您的是回函統計速報，這次要超越折尾老師似乎還是有困難。目前只統計了電子版，紙本回函的結果尚未出爐，因此還不算定局。』

「是嗎？謝謝妳來電通知。老實說，我拜讀完本週號的《芙立亞》，心裡幾乎已經有數了。」

事實攤在眼前，令人驚訝的是我的內心並沒有受到動搖。

大概是因為我無意識間已經在心裡設下預防線了吧。

或者是目前我內心的記憶體，有大半都被看似痛苦地躺在眼前的此方占用了。

『不過，老師的連載想必也能登上前三名才是。上週我也表示過類似的意見，請恕我重申：與其說老師的作品有問題，單純是折尾老師實力突出而已。』

「感謝妳關心。有沒有什麼可以建議我的呢……？」

此方感冒是我第一次碰到的狀況。

原因該不會出在她幾天前潑到水？

不，其實照顧我一直對此方造成很大的負擔吧。

或許那份疲勞就以這種形式顯現了。

『這個嘛，硬要說的話就是內心描寫較多，動態戲碼減少的部分有點令人在意。這一點就少女漫畫來說，因為是屬於著重內心描寫的類別，即使靜態演出較多也不成問題，但我們終究是以男性為主要客層的雜誌，該怎麼說呢？我不確定這樣形容是否妥切，或許可以說帶有私小說的氣息——老師？請問您有在聽嗎？』

「有、有的！」

我連忙應聲。

有別於跳脫的思路，我手邊仍習慣性地自己將遙華小姐說的話做了筆記。

然而，視線卻一直固定在此方又紅又熱的臉上。

『老師？您現在有事在忙嗎？如果是這樣，請您不用勉強。』

「啊，沒、沒有。倒不是這樣……對不起。」

『總之，折尾老師是折尾老師，主名老師是主名老師，請您不用介意別人，要創作屬於主名老師自己的作品。』

「我明白了。」

『那麼，如果有什麼事需要商量，請立刻跟我聯絡。失陪了。』

通話切斷。

「果然，我還是，該回家。要是，感冒，傳染給你，就不好了。」

蓋棉被戴著口罩的此方斷斷續續地編織出話語。

嗶嗶嗶嗶嗶嗶嗶──體溫計響了。

我從此方的鎖骨與睡衣縫隙間抽出體溫計。

三十八點二度。體溫燒得相當高，但還不到叫救護車的地步。

「可是此方，妳家裡又沒有人能照顧妳，話雖如此，妳也不想去醫院吧。」

「話是這麼說，沒錯……但是，我也不想，干擾到你工作。」

此方已經有了許多成長，不過在家庭方面至今似乎依然存有隔閡。

當然，就算此方不想，若有萬一我還是會毫不遲疑地帶她就醫。然而目前要盡量尊重此方的意願，同時又要讓她靜養，那就只能由我來照料。
「不要緊。此方，要是妳待在我看不到的地方，反而會讓我擔心得沒有辦法工作。」
「對不，起。」
「都叫妳別道歉了。跟妳照顧我的病時相比，這肯定輕鬆多了。」
我一邊換掉此方額前的冷敷貼，一邊告訴她。
「照顧你，是我的喜悅。不過，你應該，不是這樣吧。你根本，沒有時間，可以浪費啊。」
照料生病的此方這件事本身確實不會讓我感到喜悅。
唯獨擔心勝於一切。
能回報之前受她照料的恩情，我固然有點慶幸，但此方別感冒更好。
「漫畫家沒有浪費時間的時候啊，所有經驗都會成為創作的養分。」
這並不是謊話，卻也不算實話。
只是說起來動聽的空洞言語。
為什麼這種虛浮的台詞會脫口而出呢？

為了讓此方安心？

或者——

（難道我是想說服早早就用完扭轉逆勢的題材，顯得毫無才華的自己嗎？）

我自認編出了可以替自己打120分的劇情發展。

然而，連續兩週都完全輸給了折尾老師。目睹折尾老師能輕而易舉地超越讀者對《芙立亞》本就不低的期待，實力近乎暴戾無道，我難免會失去自信。

「那麼，你要畫，素描嗎？」

「別替我操心啦。妳保持自然才能讓我當參考——重要的是，妳有沒有想要什麼？運動飲料或果凍都有冰過的，還是要幫妳煮稀飯？」

我伸手制止逞強想起身的此方並問她。

當然，我現在並沒有被鏈條繫著。

無論要下廚、洗衣或採購東西都能隨心所欲。

萬一我在囚禁狀態時，此方發生什麼狀況就糟了，所以這是理所當然。

「不用。」

「——說謊。看妳的臉色是有想要什麼。」

「我明明，戴著口罩，你看不出，臉色吧。」
「是啊，不過，我現在光看眼神也能分辨那點差異了喔。」
此方從認識時就戴著口罩。
雖然我現在也能看見她的面貌了，即使如此，合計起來肯定還是看此方戴口罩的時間長得多。
「……我流了汗，感覺身體不太舒服——稍微。」
「什麼嘛，原來是這種事。妳等一下，我現在就去裝熱水過來。」
我趕到盥洗室。
從浴室抓了臉盆注入熱水，再順道拿毛巾回房間。
我把整套擦澡用具放到此方的枕邊。
「謝謝。」
此方倦怠似的起身，動手解開睡衣的釦子。
「那麼，我會待在廚房。妳擦完再叫我。」
「事到如今不需要那樣了。你轉過去一下。」
此方告訴旋踵準備離去的我。

「是嗎？」

我當場盤腿坐下來，背對此方。

擰毛巾的滴水聲。

閒著沒事的我隨意地伸指撫過電暖桌邊緣。

聽得見此方的肌膚與毛巾合奏出擦拭的聲音。

「哈……呼……」

不久，此方的呼吸變得有點喘。

「怎麼了嗎？」

我背對著此方問道。

「嗯，沒什麼。只是手有點難搆到背後。」

「還是讓我幫妳擦背？」

「性騷擾。」

「不不不，這算正常的照護行為吧。話說，妳平時都在戲弄我，怎麼這種時候就收斂了。」

說起來，此方平日那些挑戰尺度又帶有性暗示的挑釁舉動，難道從我的角度就不能解讀成性騷擾嗎？

「……………因為，我昨天沒洗澡。要是你靠太近……」

此方用蚊子般的音量嘀咕。

「這個嘛，呃，抱歉。是我遲鈍了點。」

「……」

「不過仔細想想，此方，之前從我一開始被妳囚禁到能洗澡為止，隔了不只一天吧？坦白說，那樣不是很臭嗎？」

「那樣有那樣的必要。因為我記住了你的氣味，所以有意義。」

「妳把自己當警犬嗎——啊～～只有我被整到，果然還是覺得氣不過，讓我幫妳擦。我數三秒就會轉身喔——三、二、一。」

我強硬地這麼宣言，然後轉身。

「變態。」

此方用睡衣遮住前面。

她散發的氣息與言語相反，顯得並不排斥。

「是是是。漫畫家就是靠那種變態想法來當成畫戀愛喜劇的原動力。」

我從此方手裡搶走毛巾，然後在臉盆裡沾了水擰過。

（哎，在戀愛喜劇裡替裸身ＪＫ擦身體，絕對會演到動情的戲碼就是了。）

不可思議的是，我並沒有那種念頭。

面對身體虛弱的女孩子，根本連想要怎麼樣的念頭都沒有就軟掉了。

我用毛巾沿著細緻如白瓷的肌膚緩緩遊走。

當下就某方面來說，或許我是用最平靜的目光在面對此方的身體。

「嗯……」

「抱歉。會痛嗎？」

我自認已經盡可能溫柔了，然而我是第一次像這樣替人擦背。

力道很難拿捏。

「不要緊，只是，我覺得有點癢……」

此方說完就用雙手摀住臉。

我花了十五分鐘左右，慢慢地將背擦完。

「——好，完畢。啊，我要煮稀飯，妳有偏好哪種口味嗎？」

「我肚子不太餓。」

「如果真的吃不下就沒辦法，但多多少少勉強自己吃東西裹腹會比較好喔。總之我會順便替自己做午餐，妳吃得下再吃。」

「……我知道了。什麼口味都可以。」

「這不是最讓人困擾的嗎？」

「你肯想著我下廚，那就是最好的。我想知道那樣煮出來的會是什麼。」

即使感冒了，此方果然還是此方。

「是是是。哎，要任性是感冒的特權嘛。」

我端著臉盆與毛巾離開房間。

果然，照料生病的她，我並不會感到喜悅或動情。

內心倒是有股難以形容而不可思議的舒暢。

那不像保護欲帶有餘裕，話雖如此，要形容成獨占欲又伴隨了有些陰冷的愉悅情感。

幸好此方的感冒不到兩天就好了。

她又開始上學，被鏈條繫著的我則是繼續畫漫畫。

生活回歸日常。

唯一改變的，頂多只有我們倆不約而同地會迴避連載的話題了。

＊　＊　＊

晚上。

「這好好吃耶。完全沒有魚腥味，又很清爽。」

我朝著此方煮的柚香炒鮭魚動筷。

「因為學校的朋友分了柚子給我。」

此方優雅地用筷並告訴我。

「啊，原來廚房裡的紙箱是裝那個嗎？不過要說是分給妳的，分量會不會太多了？」

「她是大農家的女兒，據說家長寄了大量的柚子過來讓人很困擾。她住的整棟宿舍都散發著柚子香。」

此方說得淡然，卻讓我覺得當中也含有一絲羨慕之意。

「哦～～真有風情。」

大概是因為我從事的行業往往都與社會脫節且窩在家裡，接觸到這種季節性的產物更覺得新鮮。

「對。所以今天可以洗柚子浴。」

「不過，今天還不是冬至喔。」

我瞥了一眼牆上的日曆說道。

「因為量很多，洗一次也用不完，從今天起到冬至當日都會每天用一點。」

「真隨興耶～妳不覺得要挑日子用，否則效果會減低嗎？」

此方有相信神祕學的傾向，我就以為她屬於對這方面很講究的那一型。

「沒那種事。冬至泡湯加柚子能保佑身體的典故是來自諧音，所以，我也要跟著變通才能『如獲神柚』。」

「那不就成了冷笑話。真的是那樣嗎？」

「懷疑的話，你查查看啊。」

此方心寒似的噘起嘴。

「……好像是真的耶。」

我用左手拿手機，隨意輸入關鍵字「柚子浴　保佑」搜尋，然後又擱下。

「討吉利的物品大半都來自諧音，尤其源於江戶時代的習俗更是如此。」

「像是吃魷魚乾就會中大獎？」

「沒錯。還有很多種習俗，例如……」

在我傾聽此方大談討吉利的學問時，晚餐在轉眼間吃完了。

成為漫畫家以後，為了盡可能增加創作的時間，自然而然就養成了吃得快的習慣。

「我吃飽了。」

我擱下筷子，雙手合十。

「洗澡水已經燒好了，你就去泡吧？」

此方停下用餐的手，替我解開束縛。

「謝謝。那我就去泡嘍。」

我離開座位。

要是我不趁早洗，就會卡到彼此入浴的時間。

照理說，此方家裡的浴室應該比較寬敞，因此我覺得她大可回家洗，不知道為什麼她卻偏好在我家入浴。

脫掉衣服將浴室的門打開，柚子香就撲鼻而來。

先清洗身體，然後泡進浴缸。

柚子在浴缸裡漂呀漂的。

我一會將鼻子湊近聞氣味，一會用手指撫過果皮的皺痕，不經意地把玩到一半時——

喀啦喀啦喀啦喀啦。

我用雙手拿著柚子抵在眼前限制自己的視野，緩緩將頭轉到聲音傳來的方向。

結果，我瞄到黑色的布料。

好。她有穿泳裝。

安全確認完畢，我將柚子擺回浴缸。

我在彼此剛認識的時候總會驚慌失措，但被她闖進來好幾次就難免習慣了。

「此方……我再過幾分鐘就會出去，妳能不能等等？」

「可是，兩個人一起泡比較節省電費吧。」

穿黑色比基尼的她把我的話當耳邊風，還關起門坐到洗澡椅上。

「哎，或許是啦，不過兩個人一起泡，熱水會溢出去，那好像就浪費了。」

「壞心眼……既然是泡柚子浴，你也要跟著變通才會有保佑啊。」

「妳就只會那一套耶。」

我聳聳肩露出苦笑，但仍背靠浴缸退到邊邊。

根據以往經驗，她會闖進浴室大多是有事想找我商量的時候。比如想跟某個女生交朋友要怎麼搭話、自創的舞步怎麼跳、教育旅行跟同學分組之類。

以往我都給不了像樣的建議，但她講出來會覺得輕鬆就好。

此方簡單沖洗過身體後，便入侵浴缸。

她的雙峰輕易將小顆柚子擠開。

假如用柑橘類來比喻她的胸，尺寸可比晚白柚。

「跟你說喔。」

「嗯。」

「聖誕節就快到了嘛。」

此方說著把背靠到我的胸膛。

她的長長黑髮搔得我會癢。

跟洗澡水溫度不同的燥熱湧上臉頰。

有的事情經歷好幾次還是不習慣。

「對啊。」

我微微點頭答腔。

「然後呢，我們的校規也有寫到，聖誕節是可以晚睡的日子。」

她在句子與句子之間充分地停頓，並且這麼告訴我。

「挺有針對性的校規。」

「因為基督教徒在聖誕節認真做禮拜的話，持續到深夜也是很正常的。」

「原來如此。」

我沒有實際確認過櫻葉的校規，卻信了此方說的話。

光聽就覺得很像千金名校會有的趣聞。

「所以說，我在聖誕節是不折不扣的自由之身，無論法律或校規都管不了。」

話說到這裡，此方將鼻子以下都浸到水裡，還噗嚕嚕地吐泡泡。

「……呃，聖誕節，妳想去什麼地方嗎？還是要重回晴空塔逛彩燈？」

引言聽到這裡，就連我也懂得揣度此方的心意。

畢竟上次溜冰時，沒逛到彩燈好像讓此方依依不捨。

「不用。再說我不習慣在人潮裡跟人擠。」
此方一邊用食指戳著柚子，一邊搖頭。
奇怪？我猜錯了嗎？
「是嗎？那跟往常一樣待在家好嗎？記得去年訂了一整個蛋糕很後悔耶～」
我仰望天花板的水珠並且感懷。
我們的固定行事算是老套中的老套。拿香檳氣泡飲乾杯，吃炸雞與蛋糕，交換禮物，看聖誕節應景的電影。然後，趕在聖誕老人應該還忙著替馴鹿做行前檢查的時間就早早解散。
毫無工夫與花樣，如小學生般的聖誕節。
「嗯。不過，我或許不想只有……那樣。」
此方緩緩轉身。
「……」
含情脈脈的魅惑眼神令我失去言語。
發紅的肌膚在我眼前呈現不合季節的櫻花色澤。
「今年，我想跟你一起度過。天亮前，都要在一起。」

此方以細而明確的嗓音這麼斷言。

然後，她用稍微泡脹的雙手舀起熱水，捧到臉旁邊。

造成的水流讓柚子浮動，不久就撞上我的胸膛。

沉默而滿是皺痕的黃色果實。

那簡直像此方朝我內心拋來的一顆球。

＊　＊　＊

一如往常的早晨。

『——境內召開了阿龜市集，來買熊手討吉利的人潮相當熱鬧。』

開著當時鐘的電視播報出帶有季節感的地方新聞。

「熊手啊。要買來試試看嗎？」

話說完，我咬下塗了藍莓果醬的土司。

逆轉局勢的策略依然毫無頭緒。

想贏過折尾老師，大概只能靠老天保佑了吧。

「別買會不會比較好？」

「咦？為什麼？」

「因為熊手是下詛咒的道具。」

此方用果醬在土司上畫出魔法陣般的圖樣，一邊說道。

「不不不，那是討吉利用的吧。反而該說，那是給予祝福的道具。」

「可是，一旦買了熊手，照規矩不就每年都要買尺寸大一點的來換嗎？」

她將土司咬成圓形，然後把紅茶含進嘴裡。

「聽妳這麼說，確實會覺得是沒辦法卸下的受詛咒裝備耶。但是，姑且不談熊手，之後我想找時間去採買年貨。」

「要訂購年菜嗎？」

「嗯～～年菜似乎會吃不完，不過我想買一些過年吃的麵條，還有魚板跟鯡魚子。尤其鯡魚子只要錯過這個時期，就沒什麼地方會賣了。」

最近我已經遠離喝酒的習慣，但年節三天還是會想配鹹鹹的鯡魚子喝點小酒。

「色鬼。」

「為什麼這麼說？」

「鯡魚子是多子多孫的吉祥物。」

「又來了啊。吃橘子時妳也說過。」

『……街上已經觀測到今年第一場雪，也能看見小朋友們興起玩雪的模樣。』

「順帶一提，那也是多子多孫的象徵。」

此方指著電視播出的兔子雪雕說道。

「妳簡直變得像什麼都能跟黃色笑料沾上邊的諧星一樣耶。」

或者像一切都能與性器或性愛沾上邊的佛洛伊德。

「你肯負責嗎？」

她舔了舔手上沾到的土司屑，並且微微歪頭。

「咦，是我害的嗎？這不是應該追究到祖先？」

「誰教日本是連坐制國家。」

像是在害怕沉默，我們都用不著邊際的對話填補空檔。

（聖誕節，該怎麼辦好呢？）

此方傳過來的球，我還沒投回去。

過去我都是以法律為由，避免自己胡思亂想。

但是，如今那道防波堤不存在了。

（我對此方是怎麼想的？當成戀愛對象抱有好感嗎？還是說，當成宣洩低劣慾望的對象？說起來，這兩者能嚴格區分嗎？）

各種疑問接連湧上，像灰塵一樣逐漸累積。

我明白的就只有一點。

目前，在這種狀況下碰此方的話，我就再也沒有退路了。

魅力無從比喻，而又恐怖至極的誘惑。

不久，早晨忙碌的時間結束，此方去上學以後，我稍微鬆了口氣。

電視關掉。

在突然變安靜的房間裡，我跟繪圖平板對峙。

於是，過了中午的時候，我便擱筆歇息。

儘管花了時間照料生病的此方，完成原稿的期程從容得連我自己都感到訝異。

內容也琢磨過了，只剩下寄給遙華小姐。

明明如此，我卻按不下寄出鍵。

明明框格分配、網點、台詞都找不出任何問題。

憑理論沒辦法抹去的異樣感，使我怎麼也按不了最後的這一下點擊。

（隔一段時間再檢查一次好了。）

打算喝杯咖啡的我站起身。

叮咚～～！叮叮叮叮叮叮叮叮，叮咚～～！

強行剝奪注意力，連打得頗有節奏感的門鈴聲響起。

（奇怪，我有上網訂購什麼嗎——啊，鏈條，鏈條。）

我從此方為防萬一而預先告訴我的地方拿出她藏的鑰匙，解開自己受的束縛。畢竟發生火災逃不了的話，那可不是鬧著玩的。

我急忙將成套囚禁道具塞進衣櫥裡，然後朝對講機回應。

「來了。」

『啊，主名老師～～？是我是我～～我從Flare Comics過來拜訪了～～』

女童般的萌系聲線講起話來有股詐騙味。

我認識的熟人不多，對於具備這種特徵的人物只想得到一位。

「呃，折尾老師……是妳嗎？」

『那還用問。講話聲音這麼可愛的天才漫畫家除了我之外還有誰～～？話說我希望你趕快開門耶。浪費我的一秒鐘，就等於浪費漫畫界歷史的一秒鐘喔～～』

「來了來了！請稍待。」

我衝向玄關，穿起鞋打開門。

「你好～～我來嘍。」

折尾老師將雙手手背抵在下巴，做出愛心手勢裝可愛。

服裝依然是蘿莉服。

背後則揹著附有逼真駱駝臉的雙肩背包。

「妳來了啊。話說回來，虧妳曉得我的住址。」

「當然曉得呀。主名老師來幫忙的時候，我就寄過支付報酬的證明文件，彼此也都送過公關書。」

她傻眼似的聳聳肩。

「啊，確實是呢。」

「所以呢？你肯讓我進去嗎？還是不肯？我姑且還帶了像這樣的伴手禮耶，非賣品喔。」

折尾老師從背包裡抽出了筒狀物，然後攤開來。

啊，是《芙立亞》的掛軸！

這滿讓人高興的。

「啊啊，是我失禮了。請進。」

我把鞋子靠到旁邊，騰出給折尾老師用的空間。

畢竟折尾老師的外表完全就是國中生。

我總不能跟身為合法蘿莉的她在玄關門口起爭執。

本來有此方這個ＪＫ進出家裡就已經需要顧慮了。

「打擾嘍～～——哦～～這裡就是主名老師的家啊。」

折尾老師脫下鞋，朝房裡大步走去。

我泡了紅茶，用托盤端回房間。

我一個人的話會喝咖啡，但折尾老師是紅茶派。

「讓妳久等了。」

她早就把腿伸進電暖桌，還逕自拿橘子剝了起來。

用不著我說什麼，折尾老師已經把這裡當自己家一樣放鬆了。

「我不客氣了……………這茶，有事先將茶杯與茶壺加溫過嗎？」

折尾老師喝了一口紅茶，便微微蹙眉。

「呃，沒有，對不起。」

「算啦。之前我送你的親筆簽名，沒有掛起來嗎？」

她環顧牆面並歪過頭。

「那個，為了避免日曬，我收起來了。」

我說不出自己想掛卻被此方禁止崇拜偶像所以辦不到。

「粉絲心理耶。我本身希望掛起來欣賞，但是當成收藏品就會像你這樣呢。」

折尾老師交抱雙臂連連點頭。

「所以呢，請問今天妳來找我有什麼事？」

我戰戰兢兢地詢問。

「啊，對喔！還有那件事。聽我說喔，主名老師，今天我是好奇你被我慘電以後有多消沉，才過來視察的！」

折尾老師帶著滿面笑容這麼斷言。

「呃……」

為難而不知該怎麼反應的我無話可說。

「欸欸欸，你現在心情怎樣？現在心情怎樣？捨棄求穩的甜蜜戲碼，使出混身解數要在劇情發展上突破，就被熱門作家動用了所有權力與實績開外掛一棒打碎，是什麼樣的心情！」

她往兩旁伸出雙手，敏捷地左右擺身。

我就像懷舊的三態圖那樣遭到嘲諷。

「我並沒有什麼感想。身為凡人的我敵不過身為天才的折尾老師，本來就合情合理啊。應當的吧，我想。」

「……你說這些是真心話？」

折尾老師瞇細眼睛，講話音調變低。

「當──」

當然是。

我沒能說出口。跟剛才最後一次點擊滑鼠一樣，有某種神祕力量攔阻我答話。

敵不過折尾老師的想法當然一直存在我心裡，這確實是真的。

但是，難道我在不知不覺中已經自我放棄到可以斷言自己輸得理所當然？

「呼……主名老師，下一期的原稿，你完成了嗎？」

她大大地嘆氣以後，把視線轉向我的繪圖平板。

「咦？噢，是的，姑且完成了。」

「我可以看嗎？啊，當然了，只有我看是不公平的，所以之後我也會把自己的原稿給你看。」

「呃，目前我還在琢磨……」

「那也可以，讓我看。」

「好、好吧。」

我輸給折尾老師的氣魄而點頭。

……

……

……

「唉，我就知道。」

折尾老師花幾分鐘看完我的原稿，就大大地嘆了氣。

「呃，有那麼糟糕嗎？」

「對，糟透了。因為上週的原稿沒有迎合讀者，以主名老師來說算是罕見的狀況，這次的內容卻變得更加嚴重。」
折尾老師如此斷定後就坐到電暖桌上，把一瓣橘子放進嘴裡。
「沒有迎合讀者？但是，我交出的分鏡通過了遙華小姐的把關，就算稱不上優秀，我倒覺得也沒那麼糟。」
我擠出搪塞之詞。
雖然我自己沒有拿出最佳表現，但被人把話說到這種分上，還是會想替自己的作品辯護。
「哎，以邏輯而言並沒有多大瑕疵，遙華身為編輯當然無法否定你吧。畢竟要否定這些，就會談到相當主觀的意見。但是呢，主名老師，你畫這次的原稿時，內心曾經浮現幾名讀者的臉孔？告訴我，你想像中的讀者有什麼樣的背景？」
折尾老師做出高利貸業者討債般的手勢這麼向我要求。
「咦？呃，想像中的讀者是什麼意思？不僅這次，我作畫都不會在心裡設想特定的讀者，主打客層是有粗略歸納成二十～三十歲的男性就是了。」
我歪頭表示不解。
想像中的讀者是什麼名堂啊？難道跟想像中的朋友類似嗎？

「……是喔？原來如此。主名老師，也許你確實屬於凡人，這表示你跟讀者的觀感太過接近，因此以往即使不刻意放在心上，還是能自然保有讀者的視野。」

折尾老師垂下目光點頭，並自言自語似的嘀咕。

「呃，這是在誇獎我？還是在貶低我？」

「各半吧——聽我說喔，我在腦海裡養了幾十個虛構的讀者，我會靠想像來描繪能取悅他們的作品。當然那些讀者並沒有就此定型，還要讓他們隨著時日流逝而成長。有的會就職，有的會生病，有的會結婚，有的會離婚，有的會生小孩，有的生不出來，我會讓他們經歷各式各樣的人生階段，度過各自的人生。我時時都在思考那些人讀了我的漫畫會有什麼看法。」

她將頭轉來轉去，並用嚴肅的語氣說道。

「這個嘛，呃，該怎麼說呢？真厲害耶。感覺像思考實驗一樣？」

猶如愛因斯坦靠思考實驗導出特殊相對論，她則是靠空想的讀者導出了《芙立亞》這部作品吧。

「哎，簡略來說就是那樣。總之，因為我是天才，放任不管就會與一般讀者離得越來越遠，不刻意去調節是不行的。」

折尾老師一臉得意地聳起肩。

「原來如此。」

我深深地點頭。

尋常作家說這些話會讓人噴飯，她卻擁有如此誇口也能讓人接受的實績與說服力。

「然後呢，主名老師，以此為前提，我就坦白說吧，你現在的作品很瞎喔。我心中的佐藤敏夫小弟，還有大林仁叔叔都這麼說。該怎麼形容好呢？感覺像被逼著讀國中生情侶的交換日記一樣。一看就曉得『啊，這個作者因為私生活過得充實，就連漫畫裡都在秀恩愛』喔。搞到這種地步可是會讓讀者冷掉的。類似案例很常見吧。原本明明畫的是陰沉性格表露無遺的作品，作者一結婚就突然改變作風，開始談起『戀愛有多麼美好』或『親子間無償的愛』之類說教味濃厚的主題。假如是另開新作品來描繪那樣的主題倒完全不要緊，但在以往作者表達別種立場而讓粉絲追隨至今的既有作品裡搞這套，那可就說不過去了吧。哎，偶爾會有自以為懂的棘手御宅族喜愛作者甚於作品，甚至對這種私小說般的敘事脈絡讚不絕口，所以讓人覺得很煩，但我就是對那種自我滿足型的作者厭惡得要命才會予以否定。啊，抱歉。

很難懂吧。以具體的作品名稱來說就是——」

「沒關係，不用明說。呃，請問，到頭來我是錯在什麼地方？」

我插嘴打斷了折尾老師的機關槍快嘴。

根據之前當助手的經驗，假如折尾老師把話扯遠了還放著不管，最起碼要一個小時才能回歸正題。

「你沒有注意到自己的心態嗎？說穿了，就是『發花痴』……主名老師，你戀愛了對吧？」

折尾老師帶著幾乎可以隨附「轟～～」的音效的熊熊氣勢，用食指指向我。

「我這樣……算是在戀愛嗎？」

我交抱雙臂並垂下目光。

「這一點最終必須由主名老師來定奪，我並不曉得，但至少我是這麼認為。欸，創作者可以分成兩種，一種是戀愛後受到刺激就對作品也有正面影響的類型，另一種則是埋首於戀愛，便無法交代其他事而變得頹廢的類型。主名老師，原本我以為你屬於前者，可是說不定你要算後者喔。」

折尾老師用有些絕情的調調說道。

「……私生活的感情有可能對作品造成負面影響，這是我想都沒想過的。該怎麼說呢？因為她實在太理所當然地待在我身邊了。」

我跟此方的關係始於囚禁。

無論在物理上或精神上，我跳過了一切過程，跟此方變得親密。

如果沒有此方，根本就不會有我現在的連載，因此我或許一直無條件地深信她對我的創作有加分效果。

「噗噗，好像青梅竹馬戀愛喜劇裡的經典台詞，超逗的！啊，順帶一提，我認為自己也屬於後者。雖然我根本沒有對三次元戀愛過，也說不準。但是，萬一變成那樣就恐怖了，所以無論關係再親密，我也不會讓對方跨過最後那條線。」

折尾老師稍稍露出遙望的目光如此告訴我。

既然她早就成年了，應該也經歷過許多事吧。

儘管有點好奇，然而我無意也無權涉入其中。

「那麼，假設我是因為戀愛而把作品搞砸了，又該怎麼辦才好呢？」

我懷著病急亂投醫的心態詢問。

「最簡單的做法，當然就是跟女朋友分手啊。談好分手以後，再把聯絡方式刪掉，做不到的話，就看你要不要漏夜逃跑跟對方切割嘍。」

她爽快地這麼告訴我，然後一口氣吃掉剩下的橘子，還把殘留的果皮投進垃圾桶。

「我辦不到。」

我立刻回答。

我不知道自己對此方抱持的感情要算戀愛，還是斯德哥爾摩症候群，但即使這部作品在跟此方切割以後成功了，我也一點都不會高興。問題並非那樣做的話她太可憐，而是我不容許自己為了讓作品續命就忘恩負義。

再怎麼走投無路，唯有這點我不會退讓。

「哦～～既然主名老師心意如此堅決，之後只能靠自己設法吧？到最後，創作者全是孤獨的喔。男女朋友都是局外者，配偶也只是靠著一紙證明相繫的局外者，甚至連家人都可以當成有血緣的局外者。向他人求助無妨，但是，不可以養成依賴的心態。假如你想繼續當漫畫家，就要在內心豢養絕對的孤獨。」

折尾老師交抱雙臂並睜大眼睛。

理應嬌小的她，看起來巨大得像一尊大佛。

（依賴……這樣啊。原來我是在依賴此方……）

她所說的話讓我茅塞頓開。

要形容我跟此方的關係，還有我對她抱持的感情，再沒有比「依賴」一詞更貼切的了。

我依賴身為被囚禁者的立場，把此方拱成了創作的謬斯女神，還將搾取靈感的行為正當化。

但是，我那部讓此方成為粉絲的漫畫，原本就是在沒有她的時候畫出來的啊。

沒錯。

既然如此，表示我還沒畫出貨真價實的《被陌生女高中生囚禁的漫畫家》。

招式尚未用盡。

這樣的我仍有可為之處。

「對你挑三揀四講了這麼多，對不起喔。好啦，依照約定，我讓你看芙立亞的最新原稿。對粉絲來說，能看到刊載前的熱騰騰原稿是無上的喜悅吧？希望這能讓你的心情好起來。」

折尾老師急急忙忙地打算從背包拿出平板電腦。

「不，心領了。」

我帶著笑容拒絕。

「咦！為什麼？主名老師，你的腦袋錯亂了嗎！」

她睜大眼睛，擺出高喊萬歲的手勢，呈現今天最誇張的反應。

「並沒有。折尾老師，我不會把讓妳看過的這份原稿交給遙華小姐，我決定廢棄掉這些。應該說，這期我決定休載。所以，我沒有權利看妳已經完成的原稿。」

我剛才決定的。

儘管會給遙華小姐添麻煩，我還是要這麼做。

因為我有把握這樣對作品最好。

「真假？你要休載？雖然挑毛病的人是我，不過這樣真的好嗎？主名老師，以往你一次都沒有讓原稿開天窗吧？」

她訝異似的把手湊到嘴邊，並且挑眉。

「是啊。畢竟我身為凡人，能向編輯部宣示的頂多只有自己多認真。」

我露出苦笑。或許我在編輯部的評價會下滑。即使如此，我還是非做不可。

「不用自嘲了。所以呢，你休息是要做什麼？」

「除了生病，漫畫家會休載的理由當然只有一個吧。『作者為取材而休息』。這還需要問嗎？」

難得聽折尾老師提出笨問題。

「我好像第一次看到有人真的要取材，而不是找藉口休息。」

折尾老師拋來像是發現白烏鴉一樣的視線。

「是嗎？……我原本屬於先詳盡地做過功課還有取材，才動筆描繪故事的類型。不過，這次的作品跳脫常軌，在一陣忙亂間就談成連載了。所以我打算回歸初衷，仔細地做一番取材。」

我自知本身創作出來的產物並沒有多了不起，既然如此就只好從外緣來補強。輸出之前要先吸收。忽略基本中的基本功，便不可能畫出好漫畫。

「是喔。雖然聽不太懂，你的眼神倒是變得不錯。看來你會成為比較值得打倒的敵人呢。」

折尾老師看似滿意地點頭。

「是的！我會努力讓自己變成那樣。呃，不過這次的主題是囚禁，挑選取材目標與接洽似乎需要時間。一旦變成長期休載，或許要改編動畫終歸是沒希望。」

但我還是甘願。

改編動畫固然很要緊，然而更重要的是將這部作品畫到最好。

這是我對此方的謝意兼敬意，同時也是我的心願。

「確實是呢……不嫌棄的話，要不要我介紹熟人協助你？」

折尾老師難得經過沉思才開口。

「妳有認識那樣的幫手啊？」

「嗯。其實，我以前也做過那方面的取材。與其說囚禁，我需要的是描述瑪莉絲受俘的參考資料。我找了許多人請教，但每個受訪者談的事蹟都太過沉重，就沒能反映在正篇劇情了。我沒辦法把那些昇華成娛樂界的內容，用無中生有的編劇方式還輕鬆多了。跟主名老師相反，我是在那時候確定自己並不屬於取材型作家。」

折尾老師說著露出了苦澀的臉。

「原來那個名場面有這樣的花絮啊……我對妳的提議當然是相當感激，不過這樣做真的好嗎？形同送鹽予敵耶。」

我們姑且是在較量才對，然而讓對方幫這麼多，感覺最後就會淪為敷衍了事。

「可以啊。畢竟主名老師現在又不像武田信玄那樣會讓上杉謙信感到棘手。雖然還不到小田氏治那種地步，然而就算把你比喻成武田，頂多也只到武田勝賴的水準。對手很弱的少年漫畫可是很無聊的。」

她不改游刃有餘的笑容說道。

「對不起。我貿然用了歷史典故，對戰國時代卻不是那麼熟悉……」

不過，被折尾老師當成小角色這一點倒是明確傳達到了。

「是嗎？哎，拌嘴的話放一邊去也好啦。之前，我鉅細靡遺地問出了被囚禁者的精神創傷，卻沒能對外發表，讓我心裡對他們非常過意不去。你想嘛，也不是所有人都可以像我們這樣把自己的經歷昇華成創作啊。」

折尾老師又擺回專家的正經臉色嘀咕。

「既然是這樣，請務必幫我介紹！」

我站起身，深深低下頭拜託。

凡人最不需要的東西就是多餘的自尊心。

面對伸過來的援手，要坦然把握。

我不會把這當成恥辱。

「ＯＫＯＫ。之後我會跟那些人聯絡，得到允許以後，我再列一份名單寄給你

——那麼，我差不多該回去嘍。聯名企畫要用的商品圖還堆著沒畫呢。」

折尾老師跳下電暖桌，然後伸了個大懶腰。

「啊，老師辛苦了。呃，那個，真的很感謝妳。折尾老師，妳是來替我打氣的對不對？」

我深深低頭說道。

「打氣？不，沒有啦沒有啦！主名老師，其實我本來是想嘲諷你慘兮兮的處境，卻發現你一副悠哉的態度而感到不爽，就恣意講了這些啦！之後單純是順勢而為，外加跟著感覺走吧？」

折尾老師一臉傻眼地聳肩。

「……」

要說是傲嬌——好像也沒那回事。她的口氣似乎是認真的。

「啊哈哈哈哈哈哈！話說，主名老師你未免太自我意識過剩了吧！我只會為了自己而行動喔！我可不是那種敗犬型的青梅女配角，還會因為男主角沒有勇氣跟天降型女主角告白就幫忙推他一把！」

「那樣比喻不太好吧——妳還真會做人耶。」

我懷著親暱的感情挖苦對方。

「當漫畫家還要『做好人』的話可就無聊了。我寧可選擇『會做人』，或者當一個性格惡劣透頂的人。就這樣，掰～～」

折尾老師只交代了這些，就一邊哼歌一邊腳步輕快地從房裡離開。

這個人明明是極端的利己主義者，卻有種無法討厭的特質耶。

她能創造出有魅力的角色，我覺得祕訣正是藏在那種「特質」裡。不過，要我效法恐怕就是強求了。

（對不起喔，此方。就算會被妳討厭，我還是不過聖誕節了。）

不曉得取材需要花多少時間。

就算取材過程一路順暢，既然我因為休載而給各界人士添麻煩，就沒有空閒再去享受聖誕節。

總之，可以確定年末的行程會相當吃緊。

但我還是甘願。

在聖夜苦惱並不是我的工作。

那些全交給基督就行了。

命運 3

噹～～噹～～噹～～噹～～

噹～～噹～～噹～～噹～～

放學鐘聲響起，我拿起書包從校舍離去。

（唉，我搞砸了。）

這幾天，我一直很憂鬱。

無論是在廁所沖水的瞬間、刷牙的時候，還有當下放學途中。

每當思緒產生空檔，後悔便會湧上胸口。

他是個溫柔的人，明明我早就曉得他被那樣逼迫就會無法拒絕我。

（為什麼我會說出那樣的話呢？）

……不，其實我心裡明白。

一切都起因於我的軟弱。

我逃避了自己想成為助手的願望，還擔憂自己照現在這樣是不是就沒有被他愛的資格。

我希望能有確實的牽絆來填補那擔憂的空隙，就貿然提出了要求。

我錯了。

這是在玷汙彼此心靈牽絆的行為。

明明已經確定那個人遲早會跟我結合，第一次若是表露不純動機的結果，那絕對不是好事。

「妳好。要說好久不見——也沒隔多久呢。」

走出校門過了一陣子，我就聽見刺耳的聲音。

「……有什麼事情？」

我並沒有止步，只是側眼瞪向身穿套裝的那個銀髮女。

出現了。妖怪豪乳武士迷編輯。

「除了主名老師的事，我找妳搭話還會有其他理由嗎？」

她面無表情地說。

「所以呢？」

我加快走路的速度，遙華卻穿著商務鞋步步有聲地跟上來。

假如她是男人，我就可以立刻報警了。

「此方，這陣子主名老師的作風有些不穩定，我在想，妳會不會知道背後的因素。既然妳也自負是老師的頭號粉絲，當然已經發現了吧。」

遙華擋到我面前，挑釁地開口。

（我曉得妳說的那些啦！）

我並不是編輯，也就不太清楚作品是否通俗、銷量好不好這類做生意的理論。不過我明確知道的只有一點，那就是他的漫畫改變了。

雖然我並沒有足夠的知識能將那種異樣感化成言語，可是我一次又一次重複讀過他的漫畫，不可能沒發現。

當然，只要他對自己的成果感到滿意，我就覺得無妨。

但明顯並不是那樣。

他最近顯然都沒有投入於漫畫。

以往他在專心的時候，即使我出聲提醒「飯做好了」，他也理所當然地不會注意到，最近卻輕易就能反應過來並停止工作。如果讓他正常發揮，哪怕在約會途中也不至於都只顧著我，而是會去素描眾人溜冰的模樣或至少拍張照才對。

既然他幾乎都待在房裡，狀況還變得不對勁，原因就是出在外界。

倘若如此，列為第一候補的原因除了最常待在身邊照顧的我，不作他想。

假如我喜歡的他與他的漫畫都是因為我才變得不對勁，那就再沒有比這更令人難過的事了。

「我不曉得。妳直接去問他如何？」

但是，要在跟他交情比我還久的遙華面前承認這一點很讓我懊惱。

所以我忍不住就撒了謊敷衍對方。

「可沒有作家會甘心向編輯示弱喔。雖然編輯也具備與作家搭檔的一面，身為生意對象的成分卻又更多一些。漫畫家是自營業。經營者不會樂於讓交易對象得知自家公司有缺陷。」

遙華說著就把我逼到圍牆旁邊，並拄牆堵住我。

屈辱。明明我早就決定要把第一次「壁咚」獻給他的。

「啊，是嗎？不管怎樣，我都不可能背叛他而向妳透露任何事啊。」

我把臉轉到一旁。

這次是真心話。

關於他的私生活，我甚至連今天早餐吃什麼都不想告訴遙華。

專屬於我跟他的記憶越多越好。

「那倒也是呢。我明白了。」

遙華格外乾脆地退讓。

「搞什麼嘛，真是的。」

我煩躁地把書包抱到胸前，並走過遙華身邊。

「請妳等等，我還沒把話說完喔。老師的事就別提了，我們來談談妳吧。」

「啥？」

對方拋來的話語出乎意料，我不禁回頭。

糟糕！

「妳不想談老師的事吧？那我們不如換個話題，請跟我談談妳抱有的煩惱。因為我想這恐怕能間接幫到主名老師。」

遙華又朝我走近，然後用看不透情緒的眼睛朝我俯望而來。

「不知所謂耶。為什麼我非得跟妳談自己的事？有那種道義嗎？」

這個女的，究竟在說什麼啊？

「雖然沒有那種道義存在，不過向人傾訴是免費的，談一談又何妨呢？跟大姊姊到那邊的家庭餐廳聊聊吧——此方，妳正在為將來的出路煩惱吧？儘管想當老師的助手，實現心願的具體途徑卻渺茫不清而缺乏實際性，所以妳無法向老師開口而煩惱著。我猜狀況大概就是這樣。」

遙華刻意裝出老成的口氣說道。

「怎麼會……」

心事被對方頗為準確地說中，我坦然表現出訝異。

撇開遙華對我的家庭背景一無所知，她的猜測幾乎可說是滿分。

難不成，她擁有超能力？

「妳問我為什麼會知道嗎？單純靠刪除法啊。既然妳希望跨出粉絲的領域，進而跟主名老師更加親近，那就只有涉足創作一途嘍。這樣的話，妳的選項幾乎只剩當編輯、成為創作者、當助手這三種。透過先前的經驗，妳總該明白自己當編輯敵不過我，話雖如此，妳也沒打算成為創作者吧。萬一妳有意當漫畫家或分鏡原作者，之前有那麼多跟身為編輯的我接觸的機會，應該會帶著一兩份原稿來找我。所以說，刪除到最後只剩下助手了。」

條理分明得讓人吭不了聲。

說來不甘心，但是遙華的頭腦很好。他會寄予信賴也是可以認同的。

「令人不爽。」

我原地跺腳。

感覺真的一肚子火。

與其說生遙華的氣，我更氣自己只有這種淺薄得會被人輕鬆看透的精神構造。

「好啦好啦。別那麼氣沖沖的，陪我喝杯茶有什麼關係呢。我們沒有理由對立啊。老師照現在這樣下去是不行的，我們兩個對於現況都有共識，而且妳手上並沒有能有效解決問題的對策吧？既然如此，就算令人覺得可疑，採用我這套聽妳訴說煩惱就能幫到主名老師的看法應該也不壞啊。」

從頭到尾，遙華的思路一直是有條有理。

「……………我知道了。」

煩惱了一陣子的我，最後不得不這麼開口答應對方。

雖然我看遙華不順眼，可是事情牽扯到他的作品，我便拒絕不了。

而且老實說，我也有意找人吐露內心的這塊疙瘩。單純是感情問題的話，或許跟朋友談就好了。可是，事關漫畫界這個特殊的業界，能討論的對象就很有限。當我思索到這裡時，儘管心有不甘，要討論這件事確實沒有比遙華更適合的人選。

我們走進附近的家庭餐廳。

四人座席。

我在遙華斜對面的窗邊位子坐了下來。

「點妳喜歡的東西吧。最近公司在各方面都管得嚴，似乎報不了公帳，因此由我請客。」

「不必。我自己的份我會自己出錢。」

我只點了自助飲料吧，遙華則點了飲料吧與天婦羅湯麵。

「還是我一併將兩個人要喝的飲料端來好了。」

「就跟妳說不必了。」

遙華倒了綠茶，我則拿了花草茶回到座位。

「那麼，茶會準備就緒，是不是可以請妳開始談了呢？」

遙華從茶杯裡提起綠茶的茶包放到碟子上並說道。

「我知道了。不過，我倒不覺得跟妳說就有辦法解決。」

「沒聽過是不會知道的。」

我拿下口罩，先喝了一口花草茶鼓舞自己，然後才喃喃道來。

這段期間，遙華都沒有應過一聲，只是淡然將天婦羅湯麵逐漸清光。

「——所以說，我連自己的學費都出不起，還必須向愛慕虛榮又注重顏面的媽媽拜託：『請讓我讀飯碗不牢靠的漫畫學校。』」

差不多在茶杯見底時，我便說完了自己的處境。

「原來如此，確實有我無能為力的地方呢。旁人實在不方便去干涉妳與家人之間的家務事。」

遙華吃完天婦羅湯麵以後，就將變涼的綠茶一口氣喝完並說道。

「哎，想也知道是這樣。」

我聳了聳肩，然後又戴上口罩。

我拿了書包站起身。

原本我就沒有期待過什麼，所以根本也不覺得失望。

「聽人說話應該要聽到最後喔。我不能干涉妳的家務事，但還是可以提出助妳解決大半煩惱的方法。接下來才要進入正題。」

遙華說完就拿紙巾擦了嘴。

「什麼意思？」

我睜大眼睛並再次坐下。

「具體來說，我可以幫妳申請到獎助學生的資格，讓妳免費讀漫畫專科學校，而且敝公司更準備在妳技術學成後聘請妳當專屬助手。換句話說，我可以提供『升學免於造成家長負擔，將來求職也有著落』的條件，讓妳當成說服家裡的底牌。」

「咦？什麼情況，妳這樣很恐怖耶。詐騙嗎？哪可能會有那麼便宜的事。」

我的身體稍微後退，納悶地看向遙華。

雖然我多少有不懂世事的自覺，但起碼還知道「免費的最貴」這句俗話。

「就是有這種好事喔。目前漫畫家業界嚴重缺乏助手。由於webtoon興盛，人氣網路小說掀起了改編漫畫的風潮。問世的漫畫作品數暴增，而優秀的助手隨之變得不足。因此，敝公司也有跟漫畫專科學校合作，試圖以分擔學費的形式積極保有人才。以代價而言，接受獎助者姑且要遵守敝公司的連帶條件，幾年內不許為其他公司工作。哎，不過從妳的情況來看，應該原本就只對主名老師的助手位子有興趣吧，這條件想必也就無所謂嘍。」

遙華淡然開口說明。

「可是照妳那麼說，競爭率不會很高嗎？」

「哎，合作企業有保送資優生的名額，如果拿不出實際的成績，要搶那些位子就難了。不過呢，我自己也有推薦名額，用了就能將妳安插進去。別看我這樣，在Flare Comics算是滿有資歷的喔。畢竟編輯界人員替換得很凶。」

遙華毫不慚愧地這麼斷言。

「……聽起來是相當寶貴的機會。可是，好像被安排得太完美，我總覺得不舒服。我不懂，妳為什麼願意為我做到這種地步。換成他本人也就罷了，妳沒理由這麼看重我吧。」

假如單純需要有助手素質的年輕人，畫技比我好的人應該多得是。難道有理由特地選我嗎？

「有喔。說來會令妳反感，目前除了折尾老師，主名老師在我負責接洽的作家當中可是最賣的，因此，如果妳出了岔子而對作品造成影響會很讓人困擾。而且主名老師只有跟我們公司來往，妳身為他的信徒，背叛的機率必然也低，不是嗎？」

遙華一邊忙著滑手機一邊告訴我。

那是在日常生活中把一心多用當成跟呼吸差不多才會有的舉止。

「真的好勢利……當編輯都這樣想事情的嗎？」

看來我果然當不了編輯。

「偶爾吧。經常應付想設法拖稿到最後一刻的漫畫家，性格自然會變惡劣……哎，撇開那些因素不談，我認為妳在本質上屬於容易對單一事情專注的性格，因此適合學個一技之長在身喔。從最初就打定主意只走助手這條路也給人不錯的印象。一般會讀漫畫專科學校的人都是志當漫畫家，即使會去當助手，大多仍是把那當成自己登上連載前的助跑期，願意長期當助手的人才很寶貴。」

這次她一邊在記事本上寫字一邊回答我。

「以道理來說，我是能夠理解。不過，總覺得妳找我談這件事的時候，早就把我會答應當前提了，很令人不爽。」

我好像有點能體會孫悟空被如來佛玩弄在手掌心上的感受了。

「當然，接不接受是妳的自由。只不過——」

「只不過？」

「萬一妳貿然祭出跟老師生米煮成熟飯，想逼他負責任的手段，到時我也會採取相應的抵抗措施。」

遙華從記事本上抬起頭，還用銳利的眼神看過來。

「什……妳突然說些什麼啊？大色女。果然胸部大就會變得淫亂！」

我忍不住扯開嗓門。

「要說胸圍的尺寸，我倒覺得妳半斤八兩。這麼說吧，我也經歷過高中生的時期，起碼懂妳這個年紀的女生會想些什麼。畢竟人的思路本來就沒有太多變化。」

她傻眼似的聳肩。

「所以呢？假設我有那種意思，妳又會怎麼阻止？從法律層面而言，我跟他就算要發展成那種關係，也已經沒有任何阻礙了。」

我挺起胸脯。

對方不能再像以前那樣仗著法律或條例來威脅我了。

「嗯。這個嘛，萬一出現了那樣的徵兆，在妳染指主名老師之前，我就會先把他睡走。」

遙華露出賊笑。

噗。

我急得口沫橫飛。

「妳、妳才不可能辦到。雖然先跟他認識的是妳，但我跟他相處的時間已經遠遠超過妳了。」

別把人看扁了。

我跟他之間才不可能有空隙讓這個豪乳妖怪趁虛而入。

說起來，他的貞操觀念可是堅固得在這三年來無論我怎麼引誘，都幾乎沒有讓他動心過。

「那倒不好說喔。妳大概是在期待由老師主動求愛的浪漫情境吧，不過我是大人，可以直接拋開那樣的情懷，抄最短捷徑把他押上床。畢竟我是柔道有段者。」

「妳敢那麼做的話，我絕對會宰了妳。」

一瞬間想像他跟這頭大奶母豬發生關係的畫面，我就反射性地把手伸向遙華的筷子。

「那可真恐怖。雖然說，我想妳大概贏不過除了柔道之外，連劍道及合氣道都練到有段數的我。」

然而，想找武器的我手臂卻在不知不覺間被她抓住了。

不曉得她是怎麼弄的，我的關節完全無法動彈。

「妳實在很討厭！」

我只好讓身體退後，採取戰略性撤退。

「哈哈哈，編輯多多少少就是要惹人厭啊，妳這點反擊連壞話都稱不上——好了，玩笑就開到這裡。」

遙華「啪」地拍了手，像在重整局面。

「由妳說出口，聽起來可真的不像玩笑話。」

我則對遙華投以白眼。

「總之，這樣妳就沒辦法找藉口說自己跨不出那一步了。」

她把手機與記事本收進公事包，然後來到我面前。

「……」

「那麼，妳決定怎麼做呢？身為主名老師頭號粉絲的此方同學，我想拉拔妳成為獎助學生，妳接受嗎？」

她挺身站直，帶著一如往常令人火大的撲克臉要跟我握手。

「……………感、感謝妳的恩情。以後，請多，指教。」

我也跟著起身。

接著，我咬緊牙關，深深地向對方鞠躬。

最後我大口深呼吸，才牢牢握起她那意外溫暖的手。

*　*　*

喀嚓。

我聽見玄關門鎖打開的聲音，就從電暖桌站了起來。

跟此方過聖誕節的規劃泡湯了，我腦袋裡確實有愧疚，感受到的亢奮卻更勝一籌。若是以言語來形容，就會變成「創作欲湧現」這種陳腔濫調，然而我內心高漲的火熱情緒卻不是用死板字句能夠形容的。

名為創作者的生物全都無法抗拒這股衝動。

我想盡快向此方道歉，想對她表達，腳步就變得急促。

我將手伸向房間和廚房之間的門的手把。

「……我、我回來了。」

「噢。妳、妳回來啦。」

門一開，此方就在眼前。

碰個正著。

「「聽我說。」」

我們倆同時開口。

「你先。」

「不，此方，麻煩妳先講。我非表達不可的事情有點多。」

我把手心朝上伸出去，做出禮讓的手勢。

「可是，我的事情也需要花時間耶。」

「不，還是妳先吧——」

我們重複了兩三次類似的互動，此方才總算認輸。

不曉得她要報告什麼。

既然會特地拿掉口罩說話，肯定是重要的事。

我屏住呼吸。

「好吧……那個，高中畢業以後，我要去念漫畫專科學校。然後，我想學會足以幫到你的助手技術。」

此方抬起臉，用耿直的眼神看我。

她那段話裡蘊藏著無法動搖的熱情。

「這、這樣啊！原來，妳決定好出路了。太好了。」

意外的好消息讓我不由得語氣開朗。

此方找到自己的目標是值得慶幸的事，而那是為了我又更令人開心。

「嗯。所以，近期內，我會向家長報告這件事。」

「……也對喔。學費之類，會是滿大的開銷。」

體察到此方家庭背景複雜的我垂下頭。

儘管學費由我出也是可以，但是，此方八成不會接受吧……

「沒有，那部分不要緊。因為遙華願意推薦我當獎助學生，就不需要花學費。而且Flare Comics也會當我的保證人。」

當我想著這些時，又有令人驚喜的好消息飛來。

「咦！真的嗎！哦！原來遙華小姐連妳都有關心到啊。她果真厲害。」

我佩服地點頭。

漫畫業界縱然廣闊，可有其他熱心至此的編輯？

我決定一輩子追隨她。

「總之因為這樣，即使家長反對而無法得到允許，我的出路還是不會改變。」

「我明白了。關於漫畫的事，我想我也能給妳建議，要問什麼都儘管問。」

我一拳捶在自己的胸膛。

「嗯。然後，與其說是問題，我有件事想立刻拜託你。」

「什麼事？」

「等我高中畢業，我想麻煩你跟我share house——那是叫分租吧？當然電費瓦斯費都是各出一半，房租也是——或許有點吃緊，但我還是會出一定的金額。」

「好啊，完全沒問題，不過妳連生活費都打算自己出啊？有地方打工嗎？」

「遙華說她暫時會把我當實習生，並且幫忙在Flare Comics斡旋打工讓我做。然後等我學會當助手的技術，希望可以一邊到各種現場累積經驗一邊賺錢。」

原來如此。

很實際的方案。

關於當助手這件事，坦白講，漫畫家之中也不能說都沒有社會適應不良者，因此我會擔心此方碰到性騷擾或職權騷擾，但既然有遙華小姐監督，那部分的人選大概就不會出差錯。

應該說，萬一有必要我照樣可以僱她當助手。

「那我就放心了。啊，妳等我一下。」

「？」

我背對歪頭表示不解的此方，跑進房間裡。

然後，我從組合式置物櫃取出用來保管出版契約書等重要文件，附有密碼鎖的盒子。先將鎖打開，再從中拿出白色信封。厚度大約一公分，裝的金額勉強不會被徵收贈與稅。

「雖然急了點，這是我祝妳升學的禮金。拿去用吧。」

我趕回玄關，把信封遞給此方。

「咦！不行。我不能收這樣的錢。」

夕陽光透過白色信封。

此方看見塞在那裡面的萬圓鈔，就搖了好幾次頭。

「不，麻煩妳收下。這是對於妳以往勞動支付的正當報酬。其實我每個月都會粗略計個帳，累積起來就這樣了。」

煮飯、洗衣、打掃自然不用說，都是不折不扣的勞動。至於囚禁我的行為——雖然不能對外明說，倒也可以算是協助取材。無論關係有多麼親密，對於勞動不支付適當的報酬就是在壓榨人。

「我又不是懷著那種打算在做家事。」

她噘起嘴脣跟我嘔氣。

「我知道啊。用錢來換算妳出於善意做的那些事，感覺是很失禮，因此以往我都心懷感激地接受妳的照顧。所以說，無論妳選擇什麼樣的出路，我都決定要在妳畢業時把這當成禮金交給妳。」

我毫不停頓地說。

「可是……」

「算我求妳，別客氣，把這收下吧，否則我心裡會過不去。再說這是大約三年份才顯得有不少錢，換算成時薪就相當寒酸了。說起來，假如妳立志要當助手，在現在的時代都是靠數位繪圖吧？那麼，妳最起碼需要電腦、繪圖平板與繪圖軟體，會是滿大的一筆錢喔。」

我把信封推到至今仍在遲疑的此方胸前。

雖說是獎助學生，校方總不會連機材都關照到吧。

再說買參考書之類肯定也需要錢，手頭上先有一筆現金是再好不過。

對我來說，假如此方是打算正常念大學或就職，也想過她不肯收的話就無可奈何。一次給這麼多錢，總覺得像斷絕來往的遮口費，也有種做生意般的冷漠感，所以我另外準備了在逢年過節分次交給她的腹案。不過，既然情況變成這樣，我便希望此方務必要收下。

「我知道了。我會先收下……老師，你果然是大人呢。」

此方終於收下信封，用交雜落寞與尊敬的語氣嘀咕。

「那還用說。別看我這樣，我可是連報稅都自己來喔。」

我挺胸告訴她。

假如漫畫家真的夠紅，一般會全部交給會計處理，這是祕密。

「謝謝……然後呢，你原本要跟我說什麼？」

此方細心地把信封收進書包，然後歪過頭。

「啊，關、關於這個嘛——」

我不知道自己該帶著什麼表情開口。

此方鼓起了勇氣，邀我一起過聖誕夜。

我也想幫她慶祝畢業後的出路就此敲定。

將一切踢到旁邊的我要為了漫畫去取材。

但是，聽了她剛才的自白，在罪惡感背後，我的決心卻變得更加堅定了。

就算目前的連載會因此告吹，為了在以後——此方從漫畫學校畢業時，我還能繼續保有第一線漫畫家的身分，就絕對必須做這次的挑戰。

「是什麼不好的事情嗎？」

「反而應該算好事……吧。呃，但我會覺得對妳過意不去——總之，對不起！聖誕節，我沒辦法跟妳一起過。」

我把額頭貼到地板，向此方下跪。

「欸，你怎麼突然這樣？說明給我聽。」

「這週的原稿畫得太糟，所以我要廢棄。照目前這樣是不行的。為了提高作品的品質，我要去旅行取材，就沒空陪妳慶祝聖誕節了。」

畢竟是年末的繁忙時期，有人希望透過視訊接受訪問的話，我當然會照辦。

不過，只要對方肯接受，可以的話我是想直接前往拜訪取材。

因為我覺得那是最起碼的誠意。

「……是嗎？好吧。你要加油喔。」

「就、就這樣？」

此方的回答太過乾脆，讓我訝異得抬起臉。

眼前此方的臉孔跟我原本想像過的都不一樣。

既不是期待遭到背叛而失望哭泣的臉，也不是對薄情決定大感憤怒的臉，更不是忍耐一切的面無表情。

此方在笑。

那並不是體貼我才勉強自己笑，而是純粹的喜悅笑容。

上次此方流露出這麼開心的氣息，或許已經是連載敲定時的事了。

「對呀。啊，還是我替你準備便當比較好？」

她自覺疏忽似的拍了手。

「呃，不是那樣，妳沒有生氣嗎？」

「你為了你的漫畫做出必要的事，我為什麼非要生氣呢？」

她一臉傻眼地微微歪頭。

「這樣啊。可是正常來想，就算沒有生氣也會不開心吧……為什麼妳看起來這麼雀躍呢？」

「祕密。」

此方簡短嘀咕，然後把食指湊到嘴唇。

「不不不。妳那是怎樣？咦？咦咦咦？說真的，妳到底怎麼了？」

我不再下跪，改成盤腿坐的姿勢交抱雙臂。

「……我去做晚飯了喔。」

此方忽略我的疑問，轉身朝廚房走去。

不久，我聽見她在哼歌。

冬季童謠的伴奏版。

（嗯～～果然，我好像還是不能自稱大人。）

畢竟都一把年紀了，我還是完全不懂所謂的女人心。

第3週

星期日。

新幹線的自由座，從E席開始被旅客坐滿。

（對喔，那邊是可以看見富士山的方向。我也好久沒搭新幹線，都忘了。）

我待在反方向的A席，身上久違地穿了不習慣的西裝，正一邊吃著燒賣便當一邊茫然思索。

這麼說來，從目前的連載開始以後，我應該有好幾年沒離開關東圈了。

叮。

擱置於座位附設桌上的手機顯示有通訊軟體的圖示在閃爍。

『你現在到橫濱附近了？』

『是啊。』

我用左手點選預測回覆功能來回訊。

取材旅行啟程之際，此方曾強烈希望我在手機安裝共享位置資訊的軟體。

再怎麼說，我也不是小學生，因此最初曾面有難色，但是此方再三強調是為了安全起見，被她懇求到最後我就認輸了。

一報還一報，我也獲得了監視此方位置資訊的權利，卻不常去動用。

（呃，看看她目前在哪──對喔，此方已經回自己家了。）

當我心血來潮地開啟位置資訊軟體後，就發現顯示此方位置的小圓點停在高級公寓。

表示此方接下來也要迎接決戰。

『你會在哪一站下車？』

『這是祕密。』

『今天要見的是女人？』

『這也是祕密。』

隱匿情報源是取材的基本。

雖然我並不是記者，至少也懂得這一點。

『為求保險，你把這設成桌布。』

有圖片傳來。

此方披著浴袍的自拍照。頭上綁了折成三角形的白毛巾，在毛巾與頭的空隙間還插了三枝鉛筆，左右側各一枝，然後額前也一枝。

（這是哪招？她在扮獨角仙嗎？不過那樣的話，穿浴袍就莫名其妙了。）

照此方的個性來想，大概跟神祕學有關吧，雖然我看得一頭霧水。

總之，這張怪桌布要是讓取材的受訪者看見，還被當成胡鬧的話就傷腦筋了，因此我敬謝不敏。

『我不會照做。不過加油吧。』

我輸入完這些，就把通訊軟體關掉。

（將位置情報軟體設成ＯＦＦ——電源也先切掉吧。）

為了避免取材的受訪者被認出來，我長按手機電源鍵以防萬一。

（唉，無論用什麼形式，都希望此方能拋開心裡的疙瘩，讓問題告一段落。）

能談得順利達成和解當然最好，然而世事並沒有那麼美好。

幻想彼此是家人就能相互理解，連在創作當中都已經嫌陳腐了。

但是就算以決裂作結，也不會毫無意義。

畢竟做出決斷、採取行動、將想法發洩出去的行為本身便是存在的證明，更能夠滿足自尊心。

但願她的勇氣會得到回報。

即使不靠手機，我仍相信彼此的心連在一起。

命運 4

（算了。反正在圖片傳給他的時間點，詛咒就成立了。）

我看完他傳來的回覆，將手機擺到桌上。

照片裡的我做了俗稱「丑時參拜」的簡易版裝扮。

原本的丑時參拜，是女子受嫉妒心驅使而將稻草人釘上神木的知名詛咒方式。

然而，基本上既然我身為正妻，就應該是被嫉妒而非嫉妒人的那一方，因此沒必要躲躲藏藏地在深夜跑去神社。

所以這並非正宗的詛咒，只是牽制，以拳擊來說則是刺拳。為此我才穿了簡易版服裝。

喀嚓。

連一句「我回來了」都沒有，媽媽到家了。

因為有濃濃的名牌香水味，立刻就認得出來。

她平常都無法正常取得聯絡，只有星期日肯定會回來檢查郵件，因此抓準這時候是最可靠的。

「我有點事想跟妳說。」

我單方面對默默朝冰箱一直線走去的媽媽說道。

她用懶散的目光朝我瞥來。

「我決定好將來的出路了，姑且跟妳報告一聲——」

直話直說。

我將身體朝向媽媽，表現出最低限度的禮儀。

不過，我並沒有看她。

此刻我的腦海是被他告知「要去旅行取材」時的臉支配著。

（當時他的表情好迷人……）

還記得那就是讓我喜歡上他的表情。

我回想與他的邂逅。

不，很遺憾，精確來說，我沒辦法回想起那一瞬間。

以往他不過是擺在我上學路途的背景。

跟遙華談事情時，那間位於上學途中的家庭餐廳。

當時，社會局勢尚未對外出有所顧忌，他就每天待在那裡畫漫畫。

他本來就沒有做吸引人的裝扮，容貌也沒有特別端正，說起來算外表樸素。

因此我費了一些時間才注意到他。

總算認出他這個人是在我不去上學以後的事。

那段時期我打算去學校，卻又不敢去，過著每天上學都中途折返的生活。

當時天空下起陣雨，我為了暫時避雨就走進家庭餐廳。

我打算等雨停再去學校，可是，不久雨停了，即使天空出現了彩虹，我也還是走不出去，結果就在家庭餐廳待了一整天。

我一直隨便玩手機，最後電量耗盡才總算起意回家而抬起沉重的腰，就在這個時候。

於是，我才發現，我真的是到這時候才發現，店裡有比我更早進來坐著，而且看似決定待得比我更久的他存在。

即使如此，假如他只是個在家庭餐廳辦公的男人，我應該就不會對他感興趣了吧。

最吸引我注意的是他的表情。

待在家庭餐廳的客人表情種類很有限。單獨來的客人大多面無表情像要隔絕四周，反觀一家人或者跟朋友來消費就會滿臉開心。

在情緒表現只有零或粉飾有加的人們圍繞下，我卻發現他盯著平板的臉並不屬於任何一邊。

待在家庭餐廳的他有絕大多數時間都是一臉泫然欲泣，要不然就是煎熬得彷彿快要發出呻吟的痛苦表情。

那並不像情侶吵架會短暫表露出的哭泣或生氣的情緒。

他的苦惱比那更深切，而且沉靜。

（討厭的話，逃避不就好了嗎？）

我把自己的不中用跟對方重疊在一起，冒出了這樣的念頭。

後來，我開始比他更早進家庭餐廳卡位，專挑靠內側的座席。

那時候的我感覺還沒有愛上他。

我反而覺得自己好像是出於一種壞心眼的動機，想確認每個人都跟自己一樣軟弱，只要遭遇困難都會逃避，才一直觀察他。

但是，他堅決不逃避。

他總是準時在同一時刻出現，並且持續面對平板直到深夜。

擅自產生挫敗感的我就像在賭氣地一直等著看他落敗的瞬間。

可是無論怎麼等，我都沒有等到那一刻。氣惱的我不久後就難免開始好奇，究竟是什麼事情讓他拚成這樣。於是，我假裝去飲料吧裝飲料，趁著經過他後面的時候偷看了平板。

我的目光立刻被奪走了。

僅靠一枝筆孕育出無窮世界的景象，簡直像魔法一樣。

可是，不曉得他有哪裡不滿意，好不容易才創造出的那個世界，點擊一下就被刪除掉了。

既殘酷又虛幻，而且美麗。

我這才知道，那就是漫畫家這一行——他要面對的宿命。

「生產之苦」。

轉換成言語的話，應該用簡單的這幾個字就能了事吧。

但是，那種痛苦卻伴隨著好似七日創世，廣如宇宙的規模感。

所謂的漫畫家，就是把創造新世界當成工作，因此這樣的比喻也未必浮誇吧。況且連神工作了六天都要停歇一天，他的勞動卻沒有休息。我猜他大概一直在思考漫畫的事。因為那不像普通的工作可以切換ＯＮ與ＯＦＦ，他肯定在用餐時、趕著上廁所時、入浴沖澡時，都會把漫畫留在腦海的一隅。

（加油。）

不知不覺中，我會在內心為他打氣了。

正因為世上盡是不合理的事，我更希望他的痛苦及悲傷能得到回報。

堅持一個月之後，那一刻總算到了。

從我開始觀察他算起，他第一次露出笑容。

於是，我戀愛了。

因為那副笑容實在太不光彩了。

他的眼睛依舊濕潤得像是快要掉淚，臉頰困惑似的緊繃著，同時嘴角則是上揚的。是如此難看的一張笑容。

要比喻的話，那就像野生胡狼空著肚子在草原到處遊蕩，三天三夜仍然找不到東西吃，當同伴一一倒下只剩自己時，好不容易發現的獵物卻是比自己龐大好幾倍的野牛，即使撲上去也說不定會被一腳踹死。像這樣的情況。

既害怕又寂寞，儘管知道是有勇無謀卻不得不咬向獵物。

伴隨這般迫切感的笑。

不像獵豹那樣帥氣，更不像獅子那樣從容，也不像老鷹那樣優雅，卻還是沒有失去身為肉食野獸的驕傲。

他那軟弱而勇敢的笑容，讓我覺得比任何事物都還要崇高。

我變得想多認識他這個人，選擇的座位便開始逐漸往他靠近。

光是這樣還不過癮，我試著跟他點相同的餐點來吸引他。

不過，他在進入創作模式時的專注力驚人，當然都沒有把我放在眼裡。

儘管有點遺憾，我同時也鬆了一口氣。

畢竟在我不上學的那段期間，他人的眼光對我只會造成恐懼。

（他不來家庭餐廳以後倒是讓我心慌了。）

自從口罩變成日本國民的標準裝備時，他就沒有在家庭餐廳出現了。

幸好他的個資管理不嚴，多虧如此我才查出了不少情報，否則我們或許就沒有機會再碰面了。

（他現在肯定也是帶著那張臉在努力吧。）

想到這裡，我就覺得自己懷有的疙瘩根本微不足道。

他的取材絕對會順利。

畢竟他是不懂說謊的人。

那副誠摯的表情絕對能打動人心。

「——所以說，那間出版社願意當我的保證人。住宿的地方也找到了，不會給妳添麻煩。」

我的報告在媽媽沖好咖啡，並確認文件內容的這段期間結束了。

大概不到十分鐘吧。

都是我單方面在講話，這也理所當然。

「是嗎？隨妳高興吧。」

這就是媽媽聽我說完以後拋出的第一句話，也是最後一句話。

「嗯。我會的。」

我也簡短地這麼回答。

沒有演變成母女和解大團圓。

不過，也沒有我設想過的反對意見。

（也許我太把這個人當成壞人了，在心裡擅自加深了對她的負面印象。）

既然會讓我進櫻葉讀書，還以為她至少會回應：「不許考東大或京大之外的學校。」然而完全沒有那種事。

儘管她確實是愛面子的人，原來那並非向旁人炫耀的主動欲求，而是較為消極的自我保護嗎？

換句話說，她只是不想負起養育女兒這種生物的責任吧。

儘管不甘心，我身上確實有一半的基因來自她，正因如此，無形間便能理解她的思維。

成年之後，我會離開這個家。

然後，負起責任的將是出版社與他——更主要的是我自己。

對媽媽來說，既然可以靠這個事實從身為養育者的義務獲得解脫，似乎也就夠了。

她絕不能算是好媽媽。

我不記得自己吃過她親手煮的飯，也沒看過她來觀摩教學，更沒有在生日時聽過她給的任何一句祝福。
不過要稱作棄養，她又給了我太多東西，也不會把男人帶進家裡，又沒有惡毒到把小孩當成向他人炫耀的裝飾品。
簡而言之，或許她就是這種人。
（已經夠了吧。）
我自然而然地這麼想。
對於媽媽，我已經沒有執著到想確認自己的推測是否正確了。
原諒與放棄的想法差不多各半。
我猜或許媽媽也是一樣的心態。
畢竟對她來說，我肯定也不是理想中的女兒吧。
不，也許媽媽對於自己的女兒，根本連所謂的理想都沒有抱持過。
總之，以往對她的恨意在我心裡曾占了相當大的部分，如今已在不知不覺中消失。唯有這點我可以確定。
不久，媽媽補完妝後就若無其事地又出門了。
但是那已經無所謂。

現在的我並沒有空閒把思考的資源分給往事。

因為該思考的事情還多得是。

（既然我的志願是當助手，編劇方式之類可以延後學吧？不過素描、分格、背景這些，我從哪個開始學比較好呢？找他問問看吧。不，我要先自己進修才行。）

我辦得到嗎——內心有點不安。

畢竟我很笨拙。

但是我要拚。不拚不行，而且我想拚。

（在最後做個打掃再走好了。）

善始善終。

我洗了媽媽喝完放著的咖啡杯，還把廚房流理台擦得亮晶晶。

汙垢連同我心裡十八年來的疙瘩一起被沖進排水溝。

（也許，現在的我有著跟他類似的表情。）

看著自己映在水槽裡那張用悲傷、不安、欣喜都無法形容的臉，似乎讓我對自己產生了一點點好感。

第4週

等我有空思考連載以外的事，已經年關將近。
距離除夕剩不到幾天的某個晚上。
聖誕節的甜蜜氣氛早從大街小巷消失，年末的匆忙氣息變得具支配性。
不過，哪怕社會再怎麼變，都跟我這個漫畫家不太有關係。
可以在喜歡的時候工作，在喜歡的時候休息。這是收入不穩定，連貸款都無法申請的自由業少有的優勢。
在我房間。
「聖誕快樂！」
「聖誕快樂！」
拉炮「砰」一地發出響亮的聲音。
我跟放寒假的此方一起慶祝已經過去的聖誕節。

天氣越漸寒冷，電暖桌帶來的恩惠更添寶貴。

而桌上擺了兩塊草莓奶油蛋糕。

那不是過聖誕節用的，甚至不是出自甜點師之手。

市面上一整年都買得到，由某間知名麵包廠商生產的單品。

另外，全年無休的炸雞也在電燈底下發出油亮光澤。

唯有半價的香檳氣泡飲即期品還勉強主張著聖誕節的情調。

「恭喜你，作品要改編動畫了。」

此方一邊把香檳氣泡飲倒進酒杯一邊說道。

氣泡在百圓商店買來的塑膠杯裡歡欣地迸開。

「是啊。謝謝妳。哎，雖然目前還在內定的階段就是了。」

我把飲料倒進此方的酒杯裡回敬。

設法將休載期間收斂在一星期的我成功靠取材內容畫出了新的原稿。

結果——當下新刊的預定冊數有了增長，之前的集數也開始再刷，銷量正順利抬升。

如此看來，似乎可以說我已經跨過了編輯部與動畫贊助商期望的底標。

「社群網站也靠你的漫畫在炒話題。你看你看，還有網路報導！上面寫說：『內容不僅是奇幻與戀愛喜劇。主名　公人的新境界！』」

此方興奮地將手機畫面秀給我看。

「評價褒貶不一呢。但是，正如我所料。」

我用叉子插進奶油蛋糕上的草莓，並且微笑。

此方似乎只擷取了正面評價，但是負面評價的數量也差不多。

這有點偏離我以往的作風，以少年誌而言也滿載了相當大尺度的強烈演出，因此會這樣是當然的。

某方面來講，情色與驚悚是近年漫畫流行的風潮之一，但我絕不是想靠描繪刺激畫面來吸引讀者目光才這麼做的。

說起來，我屬於相當不擅長描繪驚悚與懸疑的作家，連苦苦無法敲定新的連載時，我都會避免這一類的企畫。

即使如此，要提到我為什麼會畫，是因為取材結果使那變成了無論如何都必須去描繪的環節，所以我不得不畫。

當然，從校稿人員那裡接到了怒濤般的警告，在編輯部好像也造成一些問題。

由我自己說這些並不得體，但是我本質上屬於對編輯部百依百順的作家，換成平時想必會立刻撤回才對。

不過，唯獨這次我沒有退讓。

因為最新一期的連載內容並非單純由我構想而成，當中滿載了受訪者的實際體驗，我不能刪減其嚴肅度。

在這部分妥協的話，我認為會對協助取材的那些受訪者失禮。

結果，幸好有遙華小姐努力協助，內容幾乎可以不經修正就直接刊載。

（話雖如此，以短期而言是成功了，長期來看會有什麼影響倒不清楚……）

這次的挑戰蘊藏著讓原先的作品粉絲就此離去的風險。

然而，縱使本週刊載的這一話減短了作品壽命，我也不會後悔。

我敢斷言的只有這點。

「不過，支持你的人絕對比抱怨的人還多才對。畢竟你靠讀者回函擊敗《芙立亞》了吧？」

此方從電暖桌的棉被底下抽出本週的Flare Comics，用手指頭敲了敲封面上印的《芙立亞》字樣。

「照遙華小姐的說法，速報統計的數據好像是這樣。哎，與其說是我擊敗了折尾老師，感覺更像是她讓我贏的——不過贏就是贏嘛。沒錯。」

為了說服自己，我點了點頭，然後拿起香檳氣泡飲就口來掩飾害臊。

不用說，如果沒有折尾老師幫忙介紹那些受訪者給我，這期刊載的故事當然就無法出爐。

非但如此，本週號發售以後，她還率先對我的連載做出反應，在社群網站上發文：「這我畫不出來。輸了。」間接幫忙做了宣傳。

平常性格傲慢，在這種時候卻表現謙虛，讓我覺得她好詐。

從折尾老師的直率性格來想，可以知道她並不是想表現人好的一面，而是打從心裡那麼認為才寫出來的，因此感覺更體現出了彼此器量的差距。

雖然她說自己輸了，就我來說卻算是「贏了面子，輸了裡子」。唉，我要跟折尾老師較量本就是不知天高地厚，這我無話可說，但還是有種果然敵不過的感觸。

（不過，凡人也有凡人才畫得出的題材嘛。）

往後她仍然是天才，而我應該一輩子都是凡人。

不過，凡人有凡人作戰的方式。

畫完本週連載的內容，我覺得自己好像稍微掌握到其中訣竅了。

「你明明就可以更大方地感到高興。你是了不起的人，這我可以保證。」

此方這麼說完，似乎有點不好意思，因而默默地開始把奶油蛋糕往嘴裡送。

像是在公園沙坑玩推棒子遊戲那樣，她用將草莓周圍的蛋糕逐漸鏟成圓形的獨特吃法。

「謝謝——話說，別光是講我啦，也談談妳的事啊。諸多問題都解決了吧？」

我害羞地問。

從此方流露的氣息，我已經看出她回家溝通的結果並不壞。

不過，到今天以前我都忙著完成連載內容，就沒有過問細節。

「嗯，我得到允許了。媽媽說『隨我高興』。」

她乾脆地答話。

言詞並沒有含混之處。

「這樣啊！恭喜！我手邊的資料妳隨時可以任意使用。加油喔！」

我拍手祝福。

我隱約有想過會不會是這樣，不過聽此方親口說果然才安心。

「謝謝。我會努力讓自己能盡快幫到你。」

此方一口氣把酒杯喝到光。

「是嗎？那起碼在妳從學校畢業之前，我得努力一直拿出夠格自稱漫畫家的好成績才行。」

我啃起炸雞，並且重新下定決心。

假如此方好不容易學到了當助手的技術，最關鍵的我卻沒漫畫可畫，那就太矬了。

「不要緊。萬一你的漫畫滯銷，我會成為足以養活你的助手。」

此方在奮發宣言的同時，用叉子叉起看似保留到最後的草莓，並送進口中。

「感謝妳的心意，但如果慘到那種地步，我反而會請折尾老師僱用我當助手來糊口啦……呃，然後，此方，我有東西想給妳，不知道方不方便？稱作聖誕禮物——或許不夠格就是了。」

我把話說在前，拿起紙巾擦了擦沾了炸雞油脂的手。

「咦！那個，對不起，我什麼都沒準備。」

此方尖聲說完便低頭賠罪。

「不不不，妳別道歉。主動取消過聖誕節的是我，妳沒準備禮物是當然的。何況說是禮物，也只是我自己想把東西交給妳，坦白講，我不清楚這東西能不能讓妳高興。即使如此，妳也願意收下嗎？」

我從牛仔褲的口袋裡拿出用緞帶包裝過的小盒子。

對我來說是相當重要的東西。

不過，在收下的人看來或許只是垃圾。

這樣的一份禮物。

（此方肯不肯收下呢？）

「咦！那個，對不起，我什麼都沒準備。」

我反射性地低下頭賠罪。

其實，我也有想過要準備禮物送他。

然而他之前很忙，當時的狀況也不確定連載原稿何時能完成，我就刻意不準備了。

萬一在不合宜的場面送了禮物，會讓他多費心。

只要我送了禮物，溫柔的他必然是會認為非回禮不可的那種人，因此我不希望他在忙碌時還要煩惱該送我什麼禮物。

（我完全錯判情況了。）

得知他完成連載最新話的時候，我就該去買禮物了。

不過居然還準備驚喜，感覺有點壞心眼。

假如他在今天早上就事先說一聲，我至少還可以用緞帶代替內衣褲綁在身上，然後重現「請你享用」的經典橋段。

「不不不，妳別道歉。主動取消過聖誕節的是我，妳沒準備禮物是當然的。何況說是禮物，也只是我自己想把東西交給妳，坦白講，我不清楚這東西能不能讓妳高興。即使如此，妳也願意收下嗎？」

（咦？不會吧。難道說，這麼快就……！）

我倒抽一口氣。

他一邊搔頭一邊害臊似的急忙從口袋裡掏出了小盒子。

我並沒有遲鈍到連那代表什麼含意都不懂。

「……好的。」

我靜靜地點頭。

與我的動作相反，心跳的速率已經高到極限。

（婚戒！我敢說他要送的絕對１００％是戒指！肯定沒錯。）

除此之外想不到其他可能。

我迎接成年了。

出路選的是跟他一心同體的漫畫助手。

而且，我剛才還轉達了媽媽說過的「隨妳高興」這句話。

換句話說，意思等於徵得結婚的許可。

如今沒有任何事物能阻礙我們結合。

條件完全備齊了。

「太好了。那麼，這給妳。」

他粗魯地用單手將小盒子遞過來。

「謝謝。」

我用雙手收下。

（沒想到他會積極到這個地步。我必須修正計畫才行。）

照我的想像，他個性內向，要等他求婚估計會花多一點時間。

在我從漫畫學校畢業前先經歷各種初體驗，然後畢業的同時結婚。

之後，我會當他的助手幾年。

戀愛喜劇這類型的漫畫並不能一直寫下去，因此不久就會在大量好評中漂亮完結。

而我將在那個時間點左右懷孕。

第一個小孩預定於他構思新企畫及充電的期間產下。

（不過，在學結婚嗎……那樣完全也可以。）

不，我反倒覺得那樣非常好。

接下來我會變得很忙。

相較於其他有志投入業界的人，我的起步晚了一大截，因此要將差距追回來就必須加油。

上學期間自然不用說，在課外時間也非得努力追趕。

那麼一來，我無法待在他身邊的空白時間必然會增加。這樣的話，無論是否情願，他被蒼蠅纏上的機率免不了會提高。

（不過，趁現在結婚將生米煮成熟飯，我就可以放心了。）

結婚即為互相履行守貞義務的契約。

只要契約成立，至少他就不可能主動搞外遇。

至於主動來接觸他的女方，或許面對有婦之夫也不介意，不，還是有那種反而樂於偷別人東西的下流分子，所以我不能放心。

不過，對於具備正常道德觀的女人——例如那頭乳牛女編輯，應該就十分有嚇阻的效果。

（趕在今天之內，我也買一枚婚戒回贈給他吧。）

款式最好要多顯眼就有多顯眼。

那樣才有牽制的效果。

當然，還得是咒術效果強的貨色才行。

要用所羅門之戒嗎？不，那樣不夠有愛。

我反倒覺得可以自己訂作一枚銀戒，在內側銘刻盧恩符文——

「……妳不打開來嗎？」

他投以不安的視線。

「我會打開。剛才，只是花了一點時間做心理準備。」

將緞帶解開。

下定決心以後，我用食指與拇指揪住了盒蓋。

（Ｄｅａｒ　Ｂｒｉｄｅ！）

啪。

打開蓋子。

當中有著我們璀璨的未來——

……

……

……

「……這是什麼？」

沒有。

沒有。

沒有。

小盒子裡面沒有婚戒。

坐鎮於其中的是一枚G筆尖。

金黃色的鈦金屬散發著幽幽光澤。

「啊，對喔！沒說明的話妳應該不懂。這是我在轉型成電繪前用的筆尖。我第一次畫漫畫，還有在Flare Comics敲定第一部連載漫畫時，都有這枚G筆尖陪伴著我。在我心裡就像護身符一樣，因此之前一直寶貝地收藏著，但我想這大概也能為

妳帶來創作的力量。」

他帶著少年般的閃亮眼神滔滔不絕地說道。

「是嗎？」

「咦，此方？妳是不是在生氣？」

「我沒有生氣。」

「啊～～送這個果然缺乏品味嗎！對不起喔。之前我熬夜作畫趕到最後一刻，之後就一直失控狂睡吧，所以都沒空去買禮物。今天我是想過要準備些什麼，不過與其隨便買東西湊合，送妳滿懷心意的東西好像會更好。不過要說的話，這年頭就算收到G筆尖也沒有用途嘛……」

他滿臉通紅地抱著頭陷入消沉。

「都說我沒有生氣了。我很高興。」

我闔上小盒子的盒蓋，珍惜地收進包包。

「……真的嗎？」

他用半信半疑的眼光看過來。

「真的。」

我立刻回答，然後伸手拿了炸雞。

部位是肋排。

我使勁咬碎小骨頭繁多的那塊肉。

我發誓，自己對他說的是實話。

絕非謊言。

這份禮物真的很令我高興。

畢竟從某方面來說，當中濃縮了比求婚更熱切的心意。

更何況，主名　公人在世界上縱有眾多粉絲，擁有這種寶物的也就只有我一個人而已。

享盡粉絲之福正是指這種情形。

令人無比感激。

感激歸感激──

（或許單純當個粉絲已經不能滿足我了。）

我拿著炸雞大吃特吃，彷彿在粉飾內心一角萌生的奢侈願望。

尾聲　第一天　抑或曾經被陌生女高中生囚禁的漫畫家

我們吃了跨年的麵條，但是並沒有熬夜。

跨年時姑且有跟著倒數，不過迎來新年後便立刻就寢了。

趕在日出前起床出門之後，我們搭上臨時加開班次的電車，在乘降人數居日本第一的車站下車。

車站前已經被目的想必跟我們一樣的人們擠得水泄不通。

「人潮會讓我頭暈。」

「就是啊。我這幾年也都不曾在新年專程搭電車出遠門參拜。」

要嘛根本沒參拜，不然就是在三天年假都過了之後才參拜。一個人生活往往就會跟這類行事疏遠。

不過我今年為了讓作品改編動畫而有所動作，對此方來說也是要去念漫畫專科學校而有所區隔的一年，難得有這種機會，我們便打算好好地在新年做個參拜。

「感覺會迷路。」

「呃，那個，為了避免走散，我們牽手吧？當、當然，這並沒有多深的含意，不過要是大過年的就出狀況，感覺也不好嘛。」

我託辭伸出左手。

「……嗯。」

此方牢牢地回握了我的手。

我們倆結伴一邊享受正月的悠哉氣息，一邊緩緩地走著。

沒過多久，我們抵達了被高樓大廈包夾，位於大都會中心的神社。鮮紅鳥居在清朗朝日照耀下燦然而立。

境內的人潮比車站前更加熱鬧。

「不錯耶，這座神社。都市裡的高樓與歷史性建築相互映襯。啊，姑且拍個照留作資料。」

我從羽絨外套裡拿出手機，拍下幾張照片。

「有人來了。」

此方叮嚀似的拉了我的手。

「啊，不好意思——等等，這不是折尾老師嗎？辛苦了。新年快樂。」

我收起手機把路讓開。

準備從眼前通過的一行人當中有眼熟的面孔。

「咦？你是主名老師嘛！新年快樂～～好巧喔。還是說，是命中注定？命運共同體？」

對方說著便嚷嚷起來。

這大概是剛熬夜完的亢奮狀態。

折尾老師將看似昂貴的振袖穿得無懈可擊。

她的助手們像隨扈一樣圍著她。

這一幕讓我覺得有點像慶祝七五三的全家福，這要對她保密。

「哎，某方面來看，或許我們可以算命運共同體。」

無論從漫畫業界全體的層面，或者從Flare Comics連載陣容的層面來看，要說我們在某方面患難與共倒不是不行。

這是會在藝能方面賜予保佑而聞名的神社，因此有不少創作者來參拜。

彼此參拜的時段一致算是滿巧的，不過新年參拜的地點一致倒沒什麼好驚訝。

「我跟他是生死與共。」

此方把頭朝我的肩膀靠過來。

「此方也好久不見～～哎呀，應該說，莫非我們是第一次直接見面？要不要握個手或簽名？」

「謝謝妳的好意。他似乎是妳的粉絲，但我並不算妳的粉絲。」

此方搖頭。

「啊～～換句話說，主名老師已經調教過妳嘍？色～～！小心警察到家裡搜索喔～～」

折尾老師把手湊到嘴邊，還朝我投以白眼。

好過分的找碴方式。

經過調教的反而是被此方囚禁過的我吧？

「此方已經成年了，而且我們並沒有做任何會觸法的事。折尾老師，萬一妳走散被當成走失兒童才容易驚動警察，還請留意。身上有沒有帶什麼能證明妳是成年人的證件呢？」

我打趣地回嘴。

我心裡並沒有多生氣，也覺得對傳說級漫畫家好像有點失禮。不過，折尾老師身邊清一色是尊敬她的人，因此她想追求這種對等而能互相抬槓的人際關係倒是有跡可循。

「你很敢說嘛！態度得意起來了喔！如果以為回函統計超車一次就算贏過我，那你就大錯特錯了！」

她喊著豎起雙手中指。

啊，我好像還是弄錯了。

或許我不小心精準踩到了她的雷點。

「兩位，神明在上，請肅靜。」

冷靜規勸的聲音。

回頭看去，又是一張熟面孔。

「遙華小姐，恭賀新禧。」

為了避免礙到參拜者，我又從參道後退幾步。

而且，我為了問候便暫且放開此方的手，然後低頭行禮。

此方也學我低頭行禮，接著立刻又牽起我的手。

「是的，主名老師，恭賀新禧。今年還請您多多指教。」
遙華小姐挺直背脊，身段落落大方地這麼向我回禮。
她穿了和服。
然而，並非折尾老師那樣的振袖，而是看似家居打扮的樸素和服，反倒顯得合身且帥氣。
「遙華小姐，妳新年都來這裡參拜？」
「是的。與其說新年參拜，除非特別忙碌，否則我每天早上都會來參拜。可以說是每日功課，或者用來切換心情的固定程序吧。」
「哦～～那真棒耶。」
我信服地點頭。
感覺對喜歡和風事物的遙華小姐來說，這套固定程序配得正好。
「新年快樂～～！遙華穿和服果然合適呢～～銀髮穿和服還顯得合適的編輯，吸睛程度幾乎可以直接拿來當主角了。啊，機會難得，可以讓我拍照當資料嗎？」
彷彿對折尾老師說的話有所反應，她的助手之一舉起掛在脖子上的單眼相機。
看來那似乎是為了隨時可以拍攝而常備於身邊。

「恭賀新禧。既然是為了漫畫，您要怎麼拍照都無妨……不過，折尾老師，重要的是三天年假放完後要交的原稿沒問題嗎？」

遙華小姐忽然帶著銳利的眼光問道。

「……啊～～嗯。那個啊，是是是。我想，大概來得及。畢竟我得從主名老師那裡奪回Flare Comics的寶座，為此就投注了太多心力，或許會多花點時間。」

折尾老師將視線挪到無關的方向回話。

「既然能讓原稿變好，身為編輯我便不會提出否定的意見。但是，近來受勞動方式改革的影響，現狀也不方便為難印刷廠，若您將時間抓得太緊……」

遙華小姐跟著移動到折尾老師的視線前方。

口氣固然溫和，卻有說不出的壓迫感。

「是的是的。當然嘍，讓業界的黑心環境走向健全是好事嘛——話說主名老師，你怎麼還一派從容？休載一週的餘波應該也擠壓到你的工作排程了吧？」

話題突然轉來我這裡了。

啊，她這是打算把遙華小姐的仇恨值推到我這邊，然後趁機逃走吧。

「我基本上是模範生喔。步調已經調整回來，分鏡也畫完了。」

我挺胸答話。

應該說，要不是這樣，我也不會在新年特地搭電車出遠門參拜。畢竟我的膽量不足以在截稿前夕擺爛出門玩。

「關於這一點，主名老師，誠惶誠恐，原本在隔週預定要刊載刊頭彩頁的作品休載了，可以的話，不知道是否能麻煩老師接手……」

遙華小姐轉向我這邊，看似過意不去地開口。

「咦，真的嗎？」

「當然，因為事發突然，我並不會勉強您。但是，為迎接之後的跨媒體改編，總編希望能趁機炒作一番，甚至提出了乾脆增加頁數替作品安排特輯的方案。如果要您配合——實在很吃緊吧？」

遙華小姐的目光往上瞟了過來。

嗯～～看狀況我是可以拒絕，但畢竟之前刊載的內容受了編輯部全體關照嘛。編輯部大概也接到了不少抱怨，再說之前原稿開了一次天窗也有造成困擾……

這下子拒絕不了吧。

「啊，好的，呃，我會加油……」

我垂下肩膀點頭。

「感謝老師！那麼，我就照這樣呈報上去嘍。對編輯來說，沒有比這更令人欣喜的壓歲錢了。」

遙華小姐帶著滿面笑容滑起手機。

感覺事情就這麼被迫敲定了。

「哈～～！主名老師，活該！只有我受苦可不公平！」

折尾老師帶著像是幽靈在羨慕生人的臉色拍起手。

「……需要再囚禁你嗎？」

此方用只有我能聽見的音量對我耳語。

「不，妳應該也會很忙，我不想隨便拜託妳幫忙囚禁……唉～～走到這一步，只能求神明保佑吧。」

我開玩笑地說道。

「那樣不行。神社是向神明報告平日生活與感謝的地方，可不是讓人許願的地方。假如是平日都在參拜的神社也就罷了，只有在新年時來許願的話，就是對神明不敬。」

此方用挺重的語氣糾正我。

「沒錯！就是那樣！妳年紀輕輕卻很懂規矩呢。了不起！最重要的是『敬神佛而不仰賴神佛』的精神！」

折尾老師踮腳想摸此方的頭，卻因為身高不夠而變成舉手擊掌。

「不過，我滿喜歡與人世利益有直接連結又來歷不明的土著神。」

此方低聲嘀咕。

「我能理解～～！像是連姓名都沒有的不從之神，聽了就讓人興奮！」

折尾老師強烈表示同意。

「的確，古代史有其神祕的浪漫呢。我想邪馬台國的所在地至今仍議論紛紛，當中是有理由的。」

遙華小姐也深深點頭。

三個人在讓我有些搞不懂的地方意氣相投。

經過東拉西扯，自然而然聚到一起的我們排進參拜的行列。

雖然等了滿久，不過在閒聊談笑之間，我就地跟遙華小姐討論起連載事宜，一回神便輪到我們了。

大家自然安靜下來。

我和此方都放開了牽著的手。

所有人在奉納箱前行禮。

我們各自掏出了錢包上前。

折尾老師毫不猶豫地從長夾拿出白色信封，然後投進奉納箱。

既然用信封裝著，應該不會只放一張鈔票。恐怕連助手的份在內，都是由折尾老師出吧。

遙華小姐並沒有用扔的，而是靜靜地、恭敬地讓五百圓硬幣滾進奉納箱。

感覺應該是平時都有來參拜，就不用在新年特地拿香油錢擺闊吧。

至於我——拿了五千圓鈔。而且是跟此方一塊捐獻的。

跟折尾老師相比，恐怕就顯得相當少，但是對我來說已經算滿大手筆了。

首先，行禮兩次。

閉上眼睛。

然後，拍手兩次。

在這時候對神明問候。

該說些什麼才好呢？

不，沒必要思考吧。

畢竟神明能看透一切，坦然地把現在的想法說出來就好。

（神明，您早，平日受您關照了。我叫主名　公人，是個漫畫家。我大概沒有才華，所以才會想求助於神明的力量，然而那似乎是不應該的事，因此就作罷了。相對地，我要向您報告。我大約三年沒來神社了，信仰不夠虔誠，我很抱歉。不過，在這三年之間，我忙得沒空來到您的跟前，還發生了許多事。三年前的我很慘，無論身為漫畫家或身為人都接近完蛋。但是有陌生的女高中生囚禁我，讓我得救了。「囚禁我而讓我得救」聽起來有些矛盾，不過這是事實，所以我也無可奈何。多虧有她，我現在仍在當漫畫家。現在那個女高中生已經不是陌生人，再過幾個月，她也將不再是女高中生。而且，她似乎會成為我的新夥伴。雖然她是個笨拙還相當奇怪的女生，卻非常勤奮努力，又很溫柔，偶爾還有一絲空靈之氣，因為她是個善良得怎麼也無法放著不管的好女孩，我希望她可以獲得幸福。啊，即使說是希望，我並沒有求神明幫忙設法的意思。我單純是在表明決心，請您別介意。誠摯感謝您平時對我們的關懷，今年也請多指教。）

行禮一次。

睜開眼睛。

遙華小姐已經旋踵走向鳥居了。

折尾老師則與助手在社務所抽神籤，歡快地嚷嚷著。

（至於此方——）

我望向旁邊。

她仍將雙手合十，閉著眼睛。

看來此方要報告的事比我還多。

不久，她就會睜開眼吧。

到時候，我要怎麼搭話呢？

要問她想不想抽籤或買護身符嗎？

還是要商量今天午餐吃什麼呢？

有風吹起。

忽然間，右手感到一陣寒冷。

直到方才都跟此方牽著的右手。

我把手插進羽絨外套的口袋。

叩——手指頭碰到了堅硬的觸感。

（這是什麼？——噢，玩具手銬嗎？我忘記丟掉了。）

在溜冰場扯壞，塞進口袋帶回家以後，好像就一直擱著沒動。

（我想這已經不需要了吧。）

我用眼角餘光看著此方，走向境內的垃圾桶。

人心無法銬上手銬。

始於堅硬金屬項圈的囚禁生活對我來說已經是遙遠的往事。最後那變成玩具手銬，如今甚至成了垃圾。

我跟此方的關係，往後仍會繼續改變吧。

感覺有點恐怖。

不過，期待感又高出好幾倍。

我仰頭向天。

天空不受任何束縛，一片晴朗。

後記

大家辛苦了，我是穗積潛。

誠摯感謝您這次買下《被陌生女高中生囚禁的漫畫家3》。

在第三集，時間一舉推進，感覺此方跟主角的關係也變得更加緊密，這樣的內容是否讓您讀得開心呢？若這部作品可以讓各位讀者跟著祈禱，進而許諾他們倆一個大吉的未來，對筆者而言便是望外之喜。

那麼，平時到這裡都會進入發表謝詞的段落，但這次是最後一集了，因此還請各位讓我聊久一點。

在本作中，「囚禁」包含在標題裡，也是一個主題。

聽到「囚禁」，我認為人們就會去想像具衝擊性、特異而反常的情境。實際上我就是如此，作品中也一直在描寫會造成這種觀感的場面。

不過，參與這部作品到最後一集，在過程中我便開始思考，也許我們在日常生活裡只是沒有自覺，卻做出了近似囚禁的行為。

當然，在物理上用鏈條或手銬束縛並幽禁他人會構成犯罪，所以明白這一點的我們就會用更委婉、眼睛也無法看見的方式，設法綁住人與人的關係。

若要舉例，廣義的就像是「父母愛護子女，子女孝敬父母」、「愛你的鄰居」這類社會觀念，狹義則有「那個人對我有恩，所以我不能違抗」或者「那女孩是高嶺之花，我配不上」這種似曾相識的個人情結，都像空氣一樣存在於我們身邊。

我並不是想說這些價值觀有錯。讓我們深信不疑，作為行動範本的思維，真是發自我們自己的內心嗎？或者是學習的成果呢？我想這未必能斷言是前者。

倘若如此，或許我們就是在無意識之間或者有意識之間，用了他人賦予的正當性來綁住自己的心，再以那樣的正當性綁住他人，相互束縛彼此的心靈，再稱其為「人與人之間的牽繫」。儘管那並沒有束縛到肉體，但是從剝奪心靈自由的層面而言，或許還比單純的囚禁更加惡質。

不用說，一般所謂的囚禁，絕大多數都伴隨著肉體上的加害及心理上的脅迫，因此無法讓人認同。

但是，談到此方於囚禁時做出的直接脅迫，先不論主角的主觀評價，基本上那都是用來保持他的健康及衛生而有所節制的手段。此方懷有希望主角繼續畫漫畫的心願，她固然有從中誘導，卻不曾加以強制，當中所抱持的是純粹的願望。起初此方不僅笨拙，再加上緊張，透過言語的溝通便不充分。不過正因如此，雖然字面上會顯得矛盾，我認為那似乎讓「自由的囚禁」得以成立。

然而，人與人的關係是會改變的。來到這最後一集，雙方已經加深理解，縱使不靠囚禁這樣的手段，他們倆也能用言語像樣地溝通了。

乍看下那似乎全是好事。然而，變成那樣以後，相較於原本只能靠著囚禁成立的關係，說不定他們倆反而也有更不自由的地方。畢竟言語這種東西，有時候就連發話者本身都會缺乏撒謊的自覺。原本在無言的囚禁間能傳達的想法，開始用言語應酬後就變得無法傳達到。遲早也會有這一刻的吧。

不過，就算演變成那樣，我相信他們倆還是不會因而分離。

普通的人際關係始於言語，會因為言語產生歧異，並透過言語邁向終結。而且關係一旦終結，似乎大多難以修復。

但是，他們倆的關係始於違反常識的囚禁，未必會受到言語溝通的限制。

因此在無路可走的時候，他們倆肯定不會只靠言語，還能藉著異想天開的行動試圖打破局面才對。

那或許就像囚禁一樣，在第三者眼中會是讓人蹙眉的手段，然而對他們倆來說肯定是必要的。而且我相信無比笨拙，同時又相當認真的這兩個人，會有足夠的熱情去實行必要手段，免於受周圍的雜音所惑。

儘管前面寫到了種種一廂情願的見解，到頭來，所謂的小說一旦問世，讀者解讀的方式便各有不同。《被陌生女高中生囚禁的漫畫家》這篇故事將會替此方與主角的未來定下何種標題，在此就交由各位讀者想像了。

再談到標題裡除「囚禁」以外的字眼──換句話說，就是「漫畫家」與「女高中生」兩者……原本我是這麼想過，但我並不是漫畫家，對於漫畫家這項行業能談的就不多，而對於女高中生的認識又僅限於二次元空間。因此趁著還沒有寫出荒腔走板的東西，我還是就此打住為妙。

那麼，雖然引子寫得相當長，無論出了多少集，所謂的書仍然絕非一個人就能完成，因此請容我鄭重向相關人士發表謝詞。

首先要感謝身為原案者，在第三集也同樣負責為本作繪製插畫的きただりょうま老師。包含變得成熟一點的此方，還有作為高牆擋在主角面前的折尾米洛，在老

師筆下都像是確有其人一樣地真實，讓我十分感動。

接著要感謝我的責任編輯べーさん。べーさん每次都賜予仔細又精確的指教，本作無疑是靠著其充實的協助才能持續寫到第三集。往後還請多多賜教。

還有，在此我要深深感謝所有協助本作付梓出版的相關人士。基於篇幅因素，容我將各位全部寫在一起，但若是少了這裡寫不下的眾多人士相助，本作就無法像這樣送到大家手上了。

最後，萬萬不能遺漏的是陪伴本作直到第三集的您——讀者大人。多虧各位支持，本作得以一集又一集地出到這裡。請讓我借此處向大家奉上最高的謝意。

那麼，雖然我心裡仍有許多想談的事，這次還是先忍下來。在此夢想著將來還會有以某些形式相見的一天，並向各位告辭。

各位讀者，儘管時勢催人忙，還請保重身體，康健度日。

穂積　潜

後記

「久疏問候，我是きただりょうま。

感謝您這次購買小說版《被陌生女高中生囚禁的漫畫家3》。

小說版到此暫且完結了。

往後的發展目前尚未決定，但本作另外還有漫畫版與同人版，希望各位也能務必買來看看。

自己從Twitter開始創作的故事竟然能在一年內出兩集漫畫、三集小說，這是我當初想都沒想過的事，因此心裡對『此方』只有感激。

這也是托各位讀者、小說版作者穗積潛老師、責任編輯以及各位相關人士的福。

那麼，讓我們改日再相見吧。」

國家圖書館出版品預行編目資料

被陌生女高中生囚禁的漫畫家/きただりょうま原案；穗積潛作；鄭人彥譯. -- 初版. -- 臺北市：臺灣角川股份有限公司, 2023.09-
冊；　公分

譯自：見知らぬ女子高生に監禁された漫画家の話
ISBN 978-626-352-904-5(第3冊：平裝)

861.57　　112011245

Kadokawa
Fantastic
Novels

被陌生女高中生囚禁的漫畫家 3

（原著名：見知らぬ女子高生に監禁された漫画家の話 3）

2023年9月13日　初版第1刷發行

作者：穂積潜
原案／插畫：きただりょうま
譯者：鄭人彥
發行人：岩崎剛人
總編輯：蔡佩芬
編輯：孫千棻
美術設計：吳佳昫
印務：李明修（主任）、張加恩（主任）、張凱棋
發行所：台灣角川股份有限公司
地址：104台北市中山區松江路223號3樓
電話：（02）2515-3000
傳真：（02）2515-0033
網址：www.kadokawa.com.tw
劃撥帳戶：台灣角川股份有限公司
劃撥帳號：19487412
法律顧問：有澤法律事務所
製版：尚騰印刷事業有限公司
ISBN：978-626-352-904-5